赵殿栋 著

如园梅语

哈尔滨出版社
HARBIN PUBLISHING HOUSE

图书在版编目（CIP）数据

如园梅语 / 赵殿栋著. — 哈尔滨：哈尔滨出版社，2022.7
　ISBN 978-7-5484-6431-0

　Ⅰ.①如… Ⅱ.①赵… Ⅲ.①诗集－中国－当代 Ⅳ.①I227

中国版本图书馆CIP数据核字(2022)第019517号

书　　名：	如 园 梅 语
	RUYUAN MEIYU

作　　者：	赵殿栋　著
责任编辑：	韩伟锋
封面设计：	树上微出版

出版发行：	哈尔滨出版社（Harbin Publishing House）
社　　址：	哈尔滨市香坊区泰山路82-9号　邮编：150090
经　　销：	全国新华书店
印　　刷：	湖北金港彩印有限公司
网　　址：	www.hrbcbs.com
E-mail：	hrbcbs@yeah.net
编辑版权热线：	（0451）87900271　87900272
销售热线：	（0451）87900202　87900203

开　　本：	880mm×1230mm　1/32　印张：9.25　字数：223千字
版　　次：	2022年7月第1版
印　　次：	2022年7月第1次印刷
书　　号：	ISBN 978-7-5484-6431-0
定　　价：	98.00元

凡购本社图书发现印装错误，请与本社印制部联系调换。
服务热线：（0451）87900279

如园梅语

书名由雪邨梅簃徐梅博士提签

赵殿栋，山东省昌邑县人，同济大学管理科学与系统工程专业研究生毕业，获管理学博士学位，教授级高级工程师，享受国务院政府特殊津贴专家，国家"863计划"资源与环境领域专家组专家，中国科学院油气资源中心专家组专家。现任中国石油化工集团公司油气勘探领域首席专家，中国地球物理学会副理事长、党委书记。出版有《走上精确勘探道路的实践与探索》《地球物理在油气勘探开发中的作用》《油气地球物理应用文集》《复杂山前带地震勘探技术论文集》等著作。长期从事油气地球物理勘探理论、方法与技术的探索性研究并在渤海湾盆地、塔里木盆地、准噶尔盆地、柴达木盆地及河西走廊地区实践性验证应用。其在渤海湾盆地参加的高分辨率、高精度地震勘探技术的研究与应用为隐蔽岩性油气藏勘探开发提供了有力的技术支撑，成果为中国东部油田老区增储稳产奠定了基础，被《中国地球物理学史》一书"中国勘探地球物理学的学术创新"章节予以记载。理工之余，喜历史、古诗词。

献给我的母亲和父亲

真水无香

七古 【梅】

宋·华岳

一年无处觅春光,杖策寻春特地忙。
墙角数枝偏冷淡,江头千树欲昏黄。
梢横波面月遥影,花落樽前酒带香。
更仗西湖老居士,为予收拾付诗囊。

序

《如园梅语》汇集了殿栋1997—2020年一百四十余篇诗词之作，记录着一代改革开放实践者"热爱生活、珍惜生活、享受生活"的工作足迹和心路历程，有对生活的感恩，有对亲朋故友、老师、家乡的怀旧，也有辛劳、困惑和收获以后心情的放飞和闲适，从中可以体现出作者"留有自己底色"的初心。作为老同学，字里行间，我能够感悟到这位山东汉子"兼济天下"与"独善其身"的孔孟之风，重新认识了熟悉的殿栋。

足迹：从黄河之滨到西域大漠，殿栋经历了三十多年的地球物理勘探历程。20世纪末，他和同事们共同推进了地震勘探技术换代发展，"黄河入海，奔腾东去，十六年春夏秋冬路。二维初，三维熟，高分辨率有建树"（2000年岁末，《山坡羊·去职地质调查指挥部》），东营牛庄成为他事业的起点和生活的福地。20世纪初，殿栋投身西部，足迹遍及塔里木盆地、准噶尔盆地、柴达木盆地及河西走廊，"万众汇聚，谋战略接替。大杯老窖，热血起，征途潼关万里"（2001年岁末，《念奴娇·西部新区勘探指挥部成立》）；"准噶尔，塔里木，皓首穷经为谁苦，找石油，情如初"（2006年岁末，《望江东·西指成立五周年》），这也是这一代石油人在贯彻国家"稳定东部，发展西部"油气发展战略中，传承石油工业传统的真实写照。2007年，殿栋奉调回京到新成立的中国石化勘探公司以及后来到油田勘探开发事业部工作，推动了物探技术在国内外的应用与发展，从东部的济阳坳陷到西部莽莽荒漠，再到南美、中东等地，地球物理工作的成果得以良好的体现。这期间，他的最忆是西部新区勘探："西行万里，昆仑逶迤，葱岭东西。念天山南北，炮声震宇，大漠临风，铁军英姿。白垩侏罗，蓬莱鹰山，当年何曾不精细。看今日，听捷报频传，喜极而泣"（2017，《沁园春·忆新疆工作九年》），诠释了一代石油物探人"我为祖国献石油"的豪迈情怀和脚踏实地、埋头苦干的拳拳之心。

感恩：自古以来忠孝难以两全。无论走到哪里，殿栋最难忘的是父母的养育之恩。当老母亲得知儿子赴疆工作，惦念不已，半个月后突发脑出血驾鹤西去，令殿栋无限愧疚。身在异乡的殿栋寄语："听说世外有一处鹤乡／在那里／没有疾病／没有挂肚牵肠／愿您在遥远宁静的天国／心安吉祥"（2002年清明，《母亲就是一条河》）。次年父亲病故，殿栋回乡扫墓，"住在父母的院子里，天空一轮明月，老屋一缕烛光，睹物思人，却再也听不到了万般叮咛"。从早年的六藤居到淑清园，父母故居寄托着殿栋哀思："剪切胶莱半江水，劈柴煮茶奉双亲"（2005，《父亲离世三周年与兄弟姐聚于六藤居》）。华东石油学院［现中国石油大学（华东）］是中国石油工业科技人才培养的摇篮之一，黄河之滨盐碱滩始终被校友们视为精神家园。"击水荡舟荟萃园，静思问难华东园。弹指二十八年间，青莱少年又从前"（2008，《新春游荟萃湖有感》），表达出莘莘学子感恩母校的共同心愿。"春风大雅能容物，秋水文章不染尘"，"豪情三杯说太极，热血一腔点江山"（2008，《七律·贺刘光鼎先生80华诞》），表达了殿栋对学界泰斗的仰慕。"波动偏移绩斐然，马氏算法声播远，昔，也垂范。今，也垂范"（2011，《山坡羊·忆马在田老师》），体现出对学界中坚严谨治学风范的崇敬。

怀旧：怀旧，是每一位四海为家的人甘之如饴的享受。几杯微醺，殿栋与老朋友诗词唱和，温馨且豪迈："京华八月天，战友聚欢颜。莫道西域远，今日又出关。举杯邀故旧，何不同戍边。脚踏天山雪，遥祝君平安"（2011，《西指战友为援疆阿克苏送行》）。胶莱故乡的情与景时刻萦绕在殿栋心中："胶莱风华依旧在，明窗净几书香。尘寰错落太匆忙。遍地叶金黄，何必话沧桑"（2013，《临江仙·复侨中友人》）。"墙外槐花房后桐，蒹葭野趣浓。缓缓胶水南北流，结伴水中游。稻秧肥，鹁鸪鸣，地阔闲云悠。坝上田间走黄牛，乡人偶放喉"（2016，《阮郎归·记忆中故乡初夏》）。忆同窗情谊，感光阴荏苒。一同踏入地球物理勘探专业门槛的青葱少年均已步入"油腻"中年："铁人九尊登岱顶，海上行云日腾升。风高秋月苍穹对，乱石闲倚看劲松"（2015，《为地质实习期间与同学登泰山题照》）。

放飞：或异域抒怀，或访古探幽，或掩卷钩沉，或抚琴品茗，生活中的点点滴滴像穿过叶间花丛的阳光，细碎地映衬着作者生活中豁达、恬淡的情怀。"托峰云聚，塔河水怒，繁华悠悠丝绸路。身西域，心安处。万顷稻菽风中舞，千河汇成水韵都。昔，也天府。今，也天府"（2011，《山坡羊·姑墨抒怀》）；"伯牙弹弦觅知音，广陵散尽埋风流。垂江碧树拢两岸，暮雨苍茫掩归舟"（2009，《七律·扬州》）；"室静七弦古，窗明叶木疏。堂前攒修竹，月下读闲书"（2018，《夏日偶得》）；"闭户闲坐，枯寂如此美丽，心静世间稀。有谁知，素简相伴可称意，凝窗外，彩练当空子规啼"（2006，《暮春逢雨有感》）；"栖约闲坐一壶茶，琴韵绕梁看落花。庭院夏木成荫时，还有蝉声入我家"（2016，《栖约堂初夏》）；"晨起阳台漫浇花，整枝灭虫赏新芽。灶台冷清浑不顾，弯腰细数小茄瓜"（2019，《妻子退休生活即景》）。

有幸成为殿栋诗稿的第一位读者，并受托作序。重温他的足迹，感受他的情怀，在同他一起放飞心情的过程中重新认识了熟悉的殿栋。作为同龄人、同路人，相识如斯，相知如斯，幸莫大焉。

张研

2021年1月16日于北京石油大院

自序

  《尚书·舜典》中记载有舜说的话曰："诗言志，歌永言，声依永，律和声。"但我还是喜欢不知是哪位作者说过的"诗起于经过在沉静中回味的情结"这句话。《毛诗·大序》中有"情动于中而形于言"之句，唐代经学家孔颖达所说："在己为情，情动为志，情、志一也。"也就是说，诗言志其实就是用诗来表达自己内心的思想感情，这也许是中国古代乃至近代大多数人的共同认知。也许就是顺着这样的路径，把在生活当中的触动自己情怀的所见所闻，用压着韵脚的句子讲述出来，用于慰藉内心，所谓"诗不远人"也许就是这个道理，就是说这是生活当中的平常，应该离生活很近的。写诗填词很多时候是有感而发，也许不应该被任何的形式所束缚。2019 年年底到 2020 年年初由于疫情的影响，居之家中，把以前的日记和笔记本里零零碎碎的对某一个时刻生活感悟的片段的东西整理了些许，姑且把这些缕缕思绪说成是当时情景与内心情之所动而自然流出的没有遗忘的过往，这些所谓的有感而发没有格律诗那般工整的当时看起来还算充盈的话语，就算是沉静中的回味吧！

  "人，诗意地栖居在大地上。"是德国存在主义哲学、技术哲学的创始人海德格尔对德国 19 世纪著名的浪漫派诗人荷尔德林一首诗的哲学的阐释。诗意地栖居，也许是人们应该持有的一种生活态度，人对美好的向往和与自然和谐相处的心理状态是一种自然需求，而非朴素的内心世界中的伊甸园式或者是世外桃源式的栖居。诗意本身也许就是一个人的生活经历、一种珍惜生活、热爱生活并享受生活来展现自己所追求的心迹路径的寄托。也许是通过这种方式，获得心灵的释放与自由地寻找人的精神家园之所在，从而寻求内心的平和以及对我们周边环境也许诗意缺失的共鸣与赋予。作为跋涉四海喜欢朴素自然，而注重耕耘和播种后秋实的地质勘探者中的一员，遁世而无闷，发潜德之幽光，也许是我戍边经历的一点儿收获。生如逆旅心若弦，一苇以航淡若菊。红尘宕动中，还望留有自己的底色，渺渺流年，愿岁月与素简相伴。

这些不能称其为诗词的句子，自1997年至2020年二十余年间存稿取其百余首辑录之，还望诸位方家批判为念。京西如园街道，有琴、棋、书、画、梅、兰、竹、菊社区之分，梅乃所居之地，故书以《如园梅语》之名称之，既然不敢称之为诗，故以"语"代之。感谢我在同济大学读研究生时一同师从沈荣芳教授的同学徐梅博士欣然为我题写书名。感谢勘探地球物理学家及石油地质学家，我读大学时的班长张研同学拨冗阅文、题端斧正，百忙之中为拙作赐序，并对文中之内容提出好的建议。钱新英女士作为第一读者提出的中肯意见，让我感到妻子的视角和家庭的温暖。感谢许建国先生为文字的整理与编辑所做的工作。

赵殿栋
2020年2月29日于京城听雪斋

目　录

地震测线穿越华八井现场有感 · 001

暖春故乡行 · 004

山坡羊·人自在 · 006

山坡羊·去职地质调查指挥部 · 007

陪同国土资源部专家到准噶尔盆地西部新区调研 · · · · · · · · · · · 009

念奴娇·西部新区勘探指挥部成立 · 012

母亲就是一条河 · 014

苏幕遮·忆故人 · 018

2003年西部新区勘探指挥部勘探会暨工程技术座谈会 · · · · · · · 020

2004年元旦游大观园 · 021

北京2004国际地球物理会议同学聚会 · · · · · · · · · · · · · · · · · · · 023

西域春五家渠 · 025

念奴娇·伊犁河怀古 · 027

甲申仲秋联欢晚会有感 · 030

琉璃厂中国书店 · 032

乙酉春节后自京归疆于机舱内望天山 · · · · · · · · · · · · · · · · · · · 034

一斛珠·大柴旦行 · 035

无题 · 037

父亲离世三周年与兄弟姐聚于六藤居 · · · · · · · · · · · · · · · · · · · 038

塞外新年 · 039

暮春逢雨有感 · 040

南山水西沟 · 042

冰雪轮台 · 043

望江东·西指成立五周年	045
七律·丁亥年乌鲁木齐春节	046
忆秦娥·贺勘探公司成立	047
英伦秋赋	048
浣溪沙·中秋述怀	049
新春游荟萃湖有感	050
黄土塬三月行	052
七律·北海送友人	053
七律·贺刘光鼎先生80华诞	055
七律·扬州	058
秋思·复李人学	060
西指战友为援疆阿克苏送行	062
山坡羊·姑墨抒怀	063
克孜尔千佛洞怀古	065
鹧鸪天·别迭里行	067
克拉玛依黑油山	069
山坡羊·忆马在田老师	071
浪淘沙·克孜尔尕哈烽燧	073
忆秦娥·回望阿克苏	075
临江仙·复侨中友人	077
踏莎行·春雪	079
满江红·七七事变七十七周年	080
鹧鸪天·闻和田万众围捕暴恐之徒致俱伟	082
仲秋感言	084
采桑子·2015年元旦	085
南京遇雪	086

鄂尔多斯除夕夜	087
胶莱河（仿五言古体诗）	089
长相思·清明	091
初夏之中央党校	093
正乙祠古戏楼赏《琴梦红楼》遇雨	095
为地质实习期间与同学登泰山题照	097
水调歌头·重回阿克苏	098
周末早春	100
马莲花	101
阮郎归·记忆中故乡初夏	102
梦乡偶作	103
栖约堂初夏	104
祭父亲去世十五周年	105
雪	106
腊八偶得	108
丁酉除夕	110
虞美人·春节游荟萃园	111
丁酉清明	112
丁酉谷雨	113
周日偶得	114
望江南·登岳阳楼	115
沁园春·忆新疆工作九年	117
丁酉大暑	120
丁酉10月中国地球物理学会第10次全国会员代表大会	121
2018年元旦寄怀	126
戊戌年春节后游西山大觉寺	128

03

早春	130
京城冬春第一场雪	131
戊戌春同济大学记	132
无题	134
戊戌清明回淑清园	136
戊戌春日游颐和园	137
如梦令·北海	140
如梦令·景山	141
正乙祠观丁承运琴瑟音乐会	143
初夏登京西百望山	145
侨中，那青涩的记忆	147
渔家傲·夏访黄公望隐居地	153
访西泠印社	156
夏日偶得	158
泉州行	159
水调歌头·重阳日登香山	163
戊戌初冬日张研京西南坞公园赏秋	165
戊戌初冬日朱向东游官厅水库所见问答	166
渔家傲·暮秋初冬日	167
江城子	169
唐多令·2019年新年元旦	171
己亥年京华第一场雪	172
己亥春节即景	173
踏莎行·登凤凰岭望长乐河	174
踏莎行·春日游纪晓岚故居	175
玉兰花	177

妻子退休生活即景	178
苦菜花	179
清明春日品茗三首	180
读史有感	182
蔷薇花	184
牡丹花	185
初夏京华周末骤雨而作	186
仿日本十七音诗夏至偶感	187
京北昌平晨练登莽山而作	190
离亭燕·赴雄安参观规划馆有感	192
七月青岛海边断想	194
水调歌头·青岛	197
己亥立秋即景	200
清平乐·读范铭涛玉门油田　八十华诞所作《清平乐》有感	201
虞美人·己亥中秋教师节述怀	203
江城子·己亥仲秋	204
念奴娇·游孔庙国子监	206
游破山寺	209
游方塔寺	212
重阳节中山公园音乐堂观赏《琴韵缤纷》东西南北四琴家音乐会	215
采桑子·北京大学听古琴讲座课	217
采桑子·京城己亥年冬初雪	219
京城己亥冬月二十夜雪	220
鹧鸪天·2020年元旦	221
2020年庚子春节	222
庚子春节感怀	223

庚子年春京城第二场雪至.................................. 225
庚子年春又雪.................................. 226
浪淘沙·京城雪后降温遇寒天.................................. 227
那一树盛开的玉兰.................................. 229
弯弯的梅河.................................. 232
满江红·京北秋日骤雨后登凤凰岭.................................. 237
访蔡元培故居.................................. 239
题扇桥.................................. 241
访沈氏园.................................. 243
访徐渭故居青藤书屋.................................. 246
访越王台.................................. 248
访三味书屋.................................. 249
访会稽山大禹陵.................................. 251
游绍兴东湖.................................. 252
游兰亭.................................. 254
访贺知章秘监祠.................................. 256
鹧鸪天·庚子秋霜降.................................. 259
临江仙·京城遇1966年以来最冷寒冬.................................. 260
卜算子·辛丑年春节咏梅.................................. 263
又见敦煌.................................. 264
后记.................................. 269

地震测线穿越华八井现场有感①

1997年12月16日

松辽雪满川,
燕赵月似钩②。
冰锁黄河道,
铁寒三角洲。

屡破先验论③,
首获馆陶④油。
荒滩留丰碑,
大河入海流。

【注释】

①华八井——华北地区的第一口石油发现井。20世纪60年代初,石油工业部决定在取得大庆石油会战的基础上将勘探重点从松辽盆地向华北渤海湾地区转移。1961年4月16日,华北地区的第一口见油井——山东东营构造华八井喜获工业油流,从而发现了华北地区和山东省境内的第一个油田——东辛油田。该井是在华北地区前七口井钻探资料的基础上,石油

工业部华北石油勘探处地质专家结合地矿部航测大队提供的东营地区重磁力测量图、构造图在东营构造上设计确定并由华北石油勘探处32120钻井队施工,地理位置在广饶县东营村(现属东营市东营区)东1500米。该井于1961年2月26日开钻,3月5日在1194.39～1200.39米井段获岩心0.45米,岩性为褐黑色疏松油砂,这是华北平原山东境内第一次在探井中发现油砂层(当时正在钻进的钻头将一块鸡蛋大小的褐黑色砂带上来时,井队地质员如发现珍宝一样大喊一声,听到地质员大喊后,钻台上的井队指导员王廷海快速跑过来,见到地质员把那块褐黑色疏松油砂像宝贝一样抱在怀里)。为了早日找到油气田,原石油部部长余秋里对这口井的钻探非常重视,在转入试油时为了把华八井的试油工作搞好,提出了选择试油层位的三条原则:1.可疑水层不试;2.没有把握的油层不试;3.要试绝对有把握的油层。华八井从井深1233米开始,不取心快速钻进,于4月1日提前完钻,完钻井深1755.88米。4月16日,华北石油勘探处试油队在馆陶组-东营组地层1207.8米～1630.5米井段射开油层8层16.2米,用9毫米油嘴试油,日产原油8.1吨。这是华北平原和渤海湾地区石油勘探的重大突破,也是发现胜利油气区的重要标志,胜利油田从此正式投入勘探开发。胜利油田的开发标志着我国原油生产进入了一个全新的时期,在当时的情况下我国的原油生产满足了国内的需要,不再需要从国外进口原油,因此意义非凡。该井自开钻至完钻仅用35天顺利完井,完钻井深1755.88米,全井共取岩芯50.2米,平均收获率31.1%,井壁取芯25处,成功率68%,固井质量、井深质量均一次合格。华八井是胜利油田乃至整个华北地区的第一口发现井。它的钻探和试油的成功,实现了华北盆地早期找油的新突破,进而引出了在华北地区组织石油会战,从此揭开了华北油区大规模石油勘探开发会战的序幕,是对全中国石油勘探事业具有里程碑意义的重大事件,为相继发现胜利、大港、华北、冀东、中原等大油田奠定了基础,是我国的石油工业发展的重要里程碑。时笔者与东辛采油厂总地质师杨弈庚(云南蒙自人,1969年毕业于北京石油学院石油地质系)于东辛水库地震施工现场遇测线穿越华八井有感而作。

②唐·李贺《马诗二十三首·其五》有"燕山月似钩"句,这里指关内

华北大地。原诗"大漠沙如雪,燕山月似钩。何当金络脑,快走踏清秋。"

③即中国贫油论,20世纪20年代至40年代"中国贫油"的看法在我国颇有影响。中国的石油本被认为大有希望,1910年在天津出版的《地学杂志》第八号,便曾乐观地报道:"吾国石油,蕴藏綦富,征之于古,自晋唐以来,已有载之篇籍者……延长一县,周二百里内外,皆有油质外溢,加之产富质良为各处冠,西人谓其面积之广约北美油田十分之四,当不诬也。"当时特别寄希望于延长油矿。1903年国人即筹办开发,后又组成延长石油公司经营。1914年,美孚石油公司要求合作,投资钻井,并派人作地质勘查。结果虽然井井见油,但都不丰富,遂于1917年收摊。当时主管地质矿业的农商总长田文烈惋惜地承认:"石油则陕西一省最称丰旺,自年前一经美孚公司之勘测,已证为绝无巨大之价值","瞻念前途,逸焉多虑"。国外有的报纸也评论:"盖自此以后,各国均不认为中国为石油产地,而视中国为石油市场。"但在当时还谈不上"中国贫油"的理论。从地质理论上论证"中国贫油"是在中国做过地质调查的外国人,主要是美国人,在陕北探油失败后,按照他们的认识,写了一些谈论中国石油的文章。这些文章大多对在中国找到丰富油藏的可能性表示了怀疑或悲观的态度,一时颇引人关注。

④即馆陶组,岩石地层名称,属于第三纪渐新世晚期地层,分布于中国华北平原。岩性以灰白、灰绿、暗紫红等色砂岩、泥岩为主,夹含砾砂岩、砾岩,与其下伏第三系各组呈不整合接触。华八井发现油层段为馆陶组—东营组。

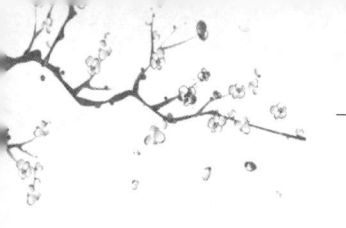

暖春故乡行[①]

1998年4月16日

故乡云霁,
天如洗。
徒步坝上过,
胶水北去[②],
柳翠鸠啼。
童年趣事,
又被炊烟催起。

【注释】

① 1998年4月,按照上级组织部门通知要求,到中国石油管理干部学院(中国石油天然气集团公司党校)厂长经理班参加为期三个月的学习。在去北京学习之前的周末回老家看望父母,傍晚时分途经胶莱河大桥,河坝上杨柳新枝、布谷声远,平静的村庄里升起了袅袅炊烟。

② 胶莱河,古称胶水,亦称运粮河,干流为元代(1280年)人工开凿的运河,属连接胶州湾、莱州湾的入海河流。流经山东省平度、高密、昌邑、掖县(今莱州市),在掖县海沧口北注入渤海莱州湾;南段称南运河,向南

流经平度、高密、胶州市，在胶州市前店口乡圈子村南汇大沽河入黄海胶州湾。干流全长130千米，总流域面积5478.6平方千米，是胶东半岛与鲁中平原分界线。

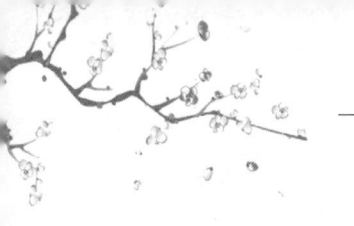

山坡羊·人自在[①]

1999年3月29日

归雁初叫,
南燕寻巢,
人间四月一树笑。
路遥遥,
水迢迢,
红尘万丈抵云霄。
试问安能烦恼少?
累,不计较,
苦,不牢骚。

【注释】

① 1998年7月中国石油化工集团公司、中国石油天然气集团公司重组成立,原石油工业部所属胜利油田划归中国石油化工集团公司。1999年4~7月,参加中国石化党校(中国石化管理干部学院)为期四个半月的第一期高级经营管理人员培训班,赴京途中所作。

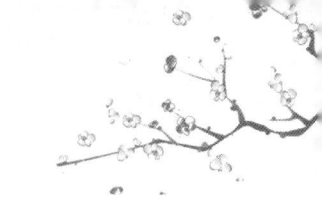

山坡羊·去职地质调查指挥部①

2000年12月

黄河入海，
奔腾东去，
十六年春夏秋冬路。
二维初，
三维熟，
高分辨率有建树②。
无意高低冰玉壶，
高，乐知足，
低，也知足。

【注释】

①2000年底，笔者从工作了16年之久的胜利油田地质调查指挥部去职，赴胜利石油管理局任副总工程师。牛庄是胜利油田地质调查指挥部所在地，乃鲁北重镇，是华北石油勘探会战最早的生产生活基地。

②在地质调查指挥部工作的16年里，正是石油工业加快发展的时期。地震技术从毕业之初的模拟技术到数字技术，从二维勘探，到90年代初的三

维地震勘探，再到高分辨率、高精度地震勘探，这些快速发展的地球物理理论、技术与方法为胜利油田勘探的突破与发现，开发的增储与生产提供了有力的技术支撑保障作用。

陪同国土资源部专家到准噶尔盆地西部新区①调研

2001年6月

白云苍狗频变幻,
绿草野马腾尘埃。
千里戈壁蒸热浪②,
擎天云杉奏万籁。

夜宿帐篷繁星收,
昼看悬涧冰雪开。
洒向大漠古北庭③,
一白一黑夺光彩④。

多少戍边英雄汉,
古往今来生死外。
当年千军万马鸣,
悲歌一曲旌旗开。

千嵘万壑大漠雄,
挥剑勒石旷远迈。

古人若知地下藏⑤,
立马横刀孰慷慨!

【注释】

①2001年6月,按照集团公司油田部安排,陪同国土资源部有关部门和集团公司油田部的专家到新疆准噶尔盆地新登记注册的勘探区块检查调研工作,时任胜利油田副总工程师。

②准噶尔盆地,位于中国新疆的北部,是中国第二大的内陆盆地。准噶尔盆地位于阿尔泰山与天山之间,西侧为准噶尔西部山地,东至北塔山麓。盆地呈不规则三角形,地势向西倾斜,北部略高于南部,北部的乌伦古湖(布伦托海)湖面高程479.1米,中部的玛纳斯湖湖面270米,西南部的艾比湖湖面189米,是盆地最低点。内有中国八大沙漠之一的古尔班通古特沙漠。盆地西侧有几处缺口,如额尔齐斯河谷、额敏河谷及阿拉山口。西风气流由缺口进入,为盆地及周围山地带来降水。

③新疆的北庭都护府在今新疆吉木萨尔北破城子,是中国唐朝设立于西域天山以北的行政单位,管理区域东起伊吾,西至咸海一带,北抵额尔齐斯河到巴尔喀什湖一线,南至天山。武周长安二年(702年),武则天于庭州置北庭都护府(今新疆吉木萨尔北破城子),取代金山都护府,管理西突厥故地,隶属于安西都护府。

④根据国家产业政策和对棉花、石油的需求,考虑新疆在棉花、石油生产和加工方面具有的优势和潜力,在经济发展中的重要地位及不可替代作用,新疆提出了以"一白(棉花)一黑(石油)"为重点的优势资源转换战略,并把战略的重点放在依靠科技进步和对外开放,加快优势产业和产品开发上。提出要把新疆建设成全国最大的优质棉花生产基地、西北最大的优质纱布生产基地和全国重要的石油和石油化工基地。农田灌溉主要来自天山雪水。

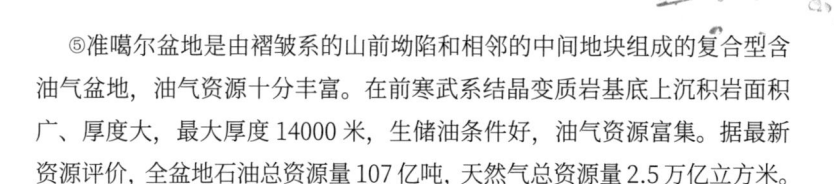

⑤准噶尔盆地是由褶皱系的山前坳陷和相邻的中间地块组成的复合型含油气盆地，油气资源十分丰富。在前寒武系结晶变质岩基底上沉积岩面积广、厚度大，最大厚度14000米，生储油条件好，油气资源富集。据最新资源评价，全盆地石油总资源量107亿吨，天然气总资源量2.5万亿立方米。

念奴娇·西部新区勘探指挥部成立[①]

2001年12月23日

天山纵横,
望天低,
西域刺骨切肌。
万顷光耀银世界,
唯有钻塔壁立[②]。
旌旗猎猎,
铁军凛凛,
比铜墙铁壁。
山南海北,
看我石油儿女。

勘探西部新区,
万众汇聚,
谋战略接替。
大杯老窖,
热血起,
征途潼关万里。

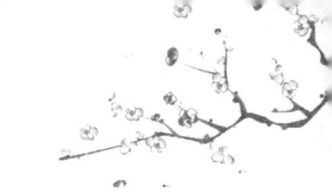

三大盆地③,
河西走廊④,
直面新领域。
静下心来,
探索油藏奥秘。

【注释】

①2001年12月22日,中国石化西部新区勘探指挥部成立大会在乌鲁木齐吐哈石油宾馆举行。中国石化集团公司及新疆维吾尔自治区、新疆生产建设兵团党政主要领导出席了会议。笔者被聘任为西部新区勘探指挥部总工程师。

②成立大会后,部分与会人员到准噶尔盆地的古尔班通古特沙漠腹地的庄一井举行开钻典礼。大雪刚过,现场气温零下40摄氏度,但钻井现场红旗招展,气氛热烈。石油工人身着红色工装,在冰雪中更显精神抖擞。

③中国石化西部新区勘探面积近12.6万平方千米,分布在新疆塔里木盆地,准噶尔盆地以及青海柴达木盆地及河西走廊地区。

④河西走廊是甘肃西北部狭长堆积平原,位于祁连山以北,合黎山以南,乌鞘岭以西,甘肃新疆边界以东,长约1000千米,宽数千米至近二百千米,为西北—东南走向的长条堆积平原,因位于黄河以西,为两山夹峙,故名。拥有丰富的油气资源,我国第一个油田—玉门油田就诞生在这里。

母亲就是一条河[1]

2002年清明

塔里木河
在没有见到你以前的日子
你就缓缓地流进我的记忆中了

塔里木河
当我走近你
你就轻轻地亲吻我了

塔里木河
站在你的面前
我想起了满头白发的老妈妈

河岸的沙石
刷洗得干干净净
你看
那纯而清的河水就是你的面容
你听

如园梅语

河面上吹来的清风就是你的叮咛

河岸上挺立的胡杨
分明是你的模样
那坚强耐劳的身躯
那慈祥柔肠的风霜

我的娘啊
您来不及听儿子和您唠一唠家常
等不及您的儿子给您端一碗饭汤

悔恨的泪水
在不停地流淌
悔恨的肝肠
如倒海翻江
埋在我的心底
再也听不到儿子对娘讲

我亲爱的娘啊
您那不懂事的儿子
如何能不悔恨和忧伤
父母在
不远游
我怎么就忘了
向您善良地撒一个谎

如园梅语

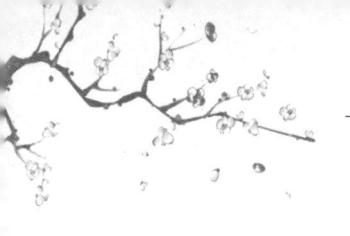

听说世界上有天堂
愿您在天堂里没有忧伤
没有痛苦
没有惆怅

听说尘世外有一处鹤乡
在那里
没有疾病
没有挂肚牵肠
愿您在遥远宁静的天国
心安吉祥

妈妈,那个午后的斜阳
我告别家中那个草屋的黄昏
您的眼神凝视着窗外
流连叮咛还是忧伤

我知道
您是在不断地祈祷
一遍遍把自己的嘱托
打进儿子远行的行李箱

妈妈,我受尽风霜苦雨的妈妈啊
我走后
您的泪水又是一条河
您随风飘动的白发

如园梅语

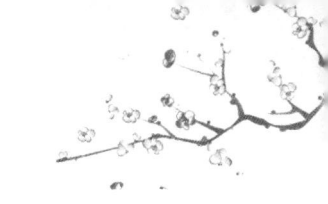

又是一条河啊

妈妈，我分明看到
在村前那条蜿蜒的小路旁
多少个黄昏
您一次次眺望

妈妈，儿子我何尝不能感觉到
我的思念就是一条河啊
塔里木河流淌的水中
有我思念的厚土壤

【注释】

①2001年12月笔者正在北京石化管理干部学院参加培训学习时接到上级通知于12月21日赴乌鲁木齐报到，电话告诉母亲将赴新疆工作。2002年1月3日（农历辛巳年十一月二十日）母亲因突发脑出血驾鹤西去。在乌鲁木齐的我闻讯后悲恸欲绝，请假立即赶回家安葬母亲，陪伴父亲。听家人述说笔者赴新疆以后母亲一直惦念而放心不下。清明节正值在南疆轮台，不能回家祭奠母亲，独自伫立在工作现场的塔里木河岸而作。

苏幕遮·忆故人[①]

2003年4月5日

物依旧,
人已远。
伫立不语,
只恨醒悟晚。
愧对爹娘肝肠断,
对酒当歌,
素月为我伴。

人无眠,
食难安。
独对烛光,
浊泪声呜咽。
旧巢又现南归燕,
细语故人,
呢喃话冷暖。

如园梅语

【注释】

①2002年10月18日（农历九月十三），父亲因心脏病去世。2003年清明节由新疆回老家给父母上坟。住在父母的院子里，天空一轮明月，老屋一缕烛光，睹物思人，却再也听不到了万般叮咛。

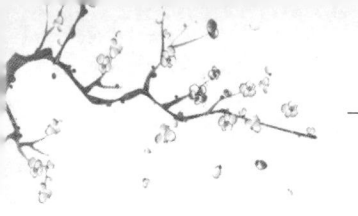

2003年西部新区勘探指挥部勘探会暨工程技术座谈会

2003年12月23日

两会后心畅[①],
踏雪疾行山上,
天地间,
漫卷雪花扬。

两盆一廊,
目标明朗。
丰年兆,
火热心激荡。

【注释】

①西部新区勘探指挥部自2002年始每年的12月举办勘探论证会及工程技术座谈会。来自集团公司总部机关、勘探院、各个油田研究院,有关大专院校的专家学者齐聚一堂,就西部新区的勘探潜力、勘探方向及勘探目标进行座谈讨论及学术交流。每年由笔者代表指挥部做工程技术的总体报告,就新区工程技术工作的进展、存在的问题及下一步的工作计划提交大会讨论,后来这些报告编辑成《天山南北写论文》的专题文献。

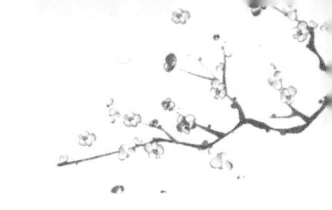

2004年元旦游大观园[①]

2004年1月1日

元旦归来休三天,
京华城南一静园。
朱门仰止藏天机,
庭院通幽透古禅。

香阁煮酒对辞赋,
花房击鼓论诗篇。
一朝风雨芳菲尽,
三堂粉黛叹悲欢。

【注释】

①大观园位于宣武区南二环路,距天安门广场5千米。原址为明清时期皇家菜园,明代曾在此设"嘉疏署"。1983年为拍摄电视连续剧《红楼梦》,依据原著描述而建造的古典园林,占地13万平方米。园中建筑格局、山形水系、植物配置、匾额楹联均力求忠实于书中的风尚和细节。1986年9月30日正式对外开放。是一处具有古典园林外观、红楼文化内涵、博物馆功

能的大型文化旅游景区。2003—2006年，因孩子在北京师范大学附属中学读书，暂住于南新华街香炉营小区，回京休假时曾到这里游览。

北京2004国际地球物理会议同学聚会[1]

2004年4月1日

十七同学神仙,
四海凯悦海轩,
几尽欢。
蓦回首,
二十年,
八千里路云和月,
弹指一挥间。
今日戍边西域,
举杯诚邀,
痛饮天山脚下,
谁说往事如烟。

【注释】

[1] 由中国石油学会（CPS）和美国勘探地球物理家学会（SEG）联合主办的北京2004国际地球物理会议于2004年3月31日至4月3日在北京举行。华东石油学院物80级有17位同学参会。会间王庆忠同学召集小聚,有

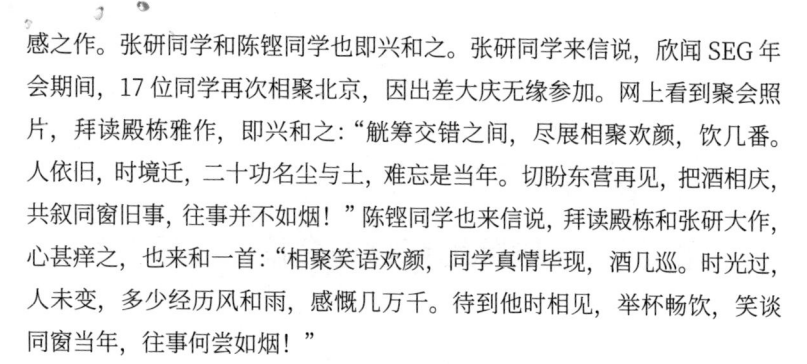

感之作。张研同学和陈铿同学也即兴和之。张研同学来信说，欣闻SEG年会期间，17位同学再次相聚北京，因出差大庆无缘参加。网上看到聚会照片，拜读殿栋雅作，即兴和之："觥筹交错之间，尽展相聚欢颜，饮几番。人依旧，时境迁，二十功名尘与土，难忘是当年。切盼东营再见，把酒相庆，共叙同窗旧事，往事并不如烟！"陈铿同学也来信说，拜读殿栋和张研大作，心甚痒之，也来和一首："相聚笑语欢颜，同学真情毕现，酒几巡。时光过，人未变，多少经历风和雨，感慨几万千。待到他时相见，举杯畅饮，笑谈同窗当年，往事何尝如烟！"

※ 王庆忠，河北遵化人，原石油工业部西北石油地质研究所高级工程师。

※ 张研，北京人，中国石油勘探开发研究院首席专家。

※ 陈铿，重庆人，重庆大学计算机与信息学院教授。

如园梅语

西域春五家渠[①]

2004年4月21日

春深杏花乱,
蝶舞蜂亦恋。
柳下收丝线[②],
湖上积雪山。

【注释】

①五家渠是新疆维吾尔自治区直辖县级市,位于天山北麓,准噶尔盆地东南部,与昌吉市、乌鲁木齐市相接,是新疆维吾尔自治区天山北坡经济腹心地带,也是从乌鲁木齐到古尔班通古特沙漠最近的绿色通道。据史料记载,清末民初有杨、冯、杜等5户人家,为种地从老龙河引出一条水渠,人称"五家渠",是新疆生产建设兵团第六师师部所在地。今日周末到五家渠垂钓休息新疆工作期间,每周日休息一天。帖子发到物80网上后霍震钧同学和于世焕同学有跟帖,附录于下。霍振钧(StevenHuo):"春深初夏乱絮飞,钢筋水泥尽眼灰。京城四季无春色,何处盎然满目润?"于世焕:"春夏细风暖,漫步司马台。山远云缭绕,

目前花枝俏。"

※霍震钧,辽宁大连人,原斯伦贝谢(中国)高级市场经理。

※于世焕,山东海阳人,中国石化油田勘探开发事业部高级技术主管。

②原诗句为"盎然满目润",故有霍震钧"何处盎然满目润"之句。

如园梅语

念奴娇·伊犁河怀古①

2004年5月2日

长河壮阔，
天上来，
腾格里汗峰雪。
直欲西天吞落日，
千里云开银泻。
波澜不惊，
岸远水阔，
一抹苍茫色。
鸿雁成行，
呼唤声声去不舍。

遥想公主②当年，
饮马河边，
重见乌孙月。
驼铃古道丝绸路，
中西络绎不绝。
雪岭云杉，
左公柳岸，

塞外江南色。
水波映照，
壮哉残阳如血。

【注释】

① 1998年9月到2003年3月，笔者考入同济大学攻读管理科学与系统工程专业研究生，2003年3月15日通过毕业论文答辩，并获得管理学博士学位。今年国庆期间，研究生导师沈荣芳教授和他的太太张俐玲女士（加拿大籍中国台湾华人）来新疆旅行，陪同到伊犁河谷游览后作，同游人有新疆石油学院陈铿教授等。

※ 沈荣芳，江苏江阴人，同济大学经济与管理学院教授，博士生导师，管理科学与工程博士后流动站负责人。1956年毕业于上海同济大学结构工程系工业与民用建筑专业，1958年至1960年在中国科学院运筹学研究室进修，1980年至1982年在加拿大阿尔伯塔大学工业工程系进修。现兼任上海防灾救灾研究所副所长、中国城市经济学会理事。曾任同济大学经济管理学院院长，中国人类工效学会首任理事长，国务院学位委员会管理科学评议组成员，中国系统工程学会、中国运筹学会、中国基建优化研究会、上海系统工程学会、上海土木工程学会、上海固定资产投资研究会等理事或副理事长。沈荣芳先生是中国高等工科院校运筹学学科的先行者，我国普通高等教育规划教材《运筹学》的主编。曾任同济大学管理工程系主任、经济管理学院院长，以及上海防灾救灾研究所副所长兼系统工程研究室主任等职务。兼任国家教委（现国务院教育部）管理科学与工程类专业教育指导委员会（第1、2、3届）副主任；国际人类工效学协会理事会第一任中国理事等职务。沈荣芳教授长期从事施工组织与管理，管理科学与工程，人类工效学、城镇防灾救灾等方面的教学与研究工作，是我国工科院校对管理专业最早开设运筹学、数理统计课程的教师之一，编著的教材有《应

用数理统计学》（中国建筑工业出版社），《管理数学》（机械工业出版社），《运筹学高级教程》（同济大学出版社）等，是国内著名管理工程和系统工程专家，在城市发展与系统管理的研究方面作出了重大贡献。

②解忧公主，第三代楚王刘戊（汉武帝四弟）的孙女，她在陪同出使乌孙和亲的细君公主去世后，为了维护汉朝和乌孙的联盟，奉命下嫁到西域的乌孙国，一生经历汉武帝，汉昭帝，汉宣帝三朝。曾嫁三任丈夫，皆为乌孙王。解忧公主在乌孙生活了半个世纪，她一直活跃在西域的政治舞台上，积极配合汉朝，遏制匈奴，为加强、巩固汉室与乌孙的关系作出了杰出贡献。

甲申仲秋联欢晚会有感[①]

2004年9月28日

西域仲秋三载,
昆仑巍巍,
把酒遥问,
月圆又是今天?

五百将士抛家,
聚精会神,
天山南北,
伏首想勘探。

三大战略观,
划桨撑大船,
敢问九天月,
油龙何时现?

如园梅语

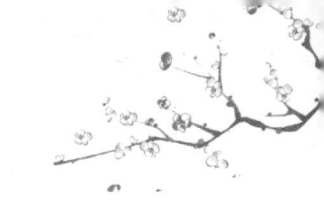

【注释】

① 2004年仲秋，在新疆乌鲁木齐举行了西部新区勘探指挥部仲秋联欢晚会，来自指挥部、各油田勘探公司以及各油田研究院在这里参加研究会战的近500名地质及工程技术人员参加。当时指挥部提出了近期、中期和远期的三大发展战略目标。

琉璃厂中国书店[①]

2005年元旦

落尘染旧卷，
扶镜对残书。
驻足忘岁月，
举头暗影疏。

【注释】

①中国书店，位于北京和平门外南新华街琉璃厂著名的文化街上。街上的"来熏阁""邃雅斋""文奎堂""松筠阁"等清代以来北京有名的书铺（这些店铺现在均由中国书店统一管理），都有着悠久的历史。琉璃厂是北京一条古老的文化街。在辽、金时期，是京城东郊燕下乡海王村。乾隆修《四库全书》后，全国文人聚集北京，琉璃厂渐兴旺起来，书店多至30余家，加之清代考据学派的兴起，琉璃厂就形成了文人游集的场所。来京的文人都以到琉璃厂买书为乐事，因那时候的汉族官员多住在宣武门外，而一些

如园梅语

会馆（同籍贯或同行业的人在京城设立的机构，建有馆所，供同乡同行集会寄寓之用）也大都在宣武门外至前门外一带，官员、商人和赶考的举子也常到这一带游玩。各地书商（主要是江浙一带的书贾）也纷纷携带珍贵书籍进京，在琉璃厂一带设摊出售。丰富的各类书籍、方便的阅读和选购条件使其以独具的特殊魅力，吸引着更多的文人墨客、学者、举子光顾。清末，在琉璃厂修建了学堂之后，这里也发生了一系列变化。1917年，在琉璃厂建造了"海王村公园"。这处公园，实际上是一所宽敞的大院，院内东、南、西三面为书画、古玩、金石、照相等。1918年，康有为曾与人合伙在园内开设"长兴书局"，专售康（有为）梁（启超）著作。1927年和平门并增辟南新华街，自此把琉璃厂分成东西两半，东以文物业为主，西以书业为主。除了一些旧的书铺外，不少新的书局，如商务印书馆、中华书局、广智书局、开明书局等也陆续在此设点售书，更增加了图书流通，为继承祖国的文化遗产做出了不少贡献。1952年，正式成立了专营古旧书刊的"中国书店"。来熏阁、翰文斋、邃雅斋等书店均归中国书店领导。中国书店的主要业务是：收集整理历代刻本、抄本；铅、石、影印古书；出售新印古籍；新、旧版文史哲各类书刊、碑帖画册、文房四宝、工艺美术等。他们像从沙里淘金一样，将从全国各地辛苦搜（收）集而来的残卷旧书加以悉心的整理、挑选、修复（补）、配套，再销售给各地的图书馆、研究单位或者任何一位有兴趣的读者，为继承祖国的文化事业，为弘扬悠久的中华文明默默地奉献着。已故学者邓拓曾为此赋诗，盛赞这种高尚的劳动："寻书忘岁月，人莫笑蹉跎；但满邺侯架（注），宁辞辛苦多。"（注："邺侯架"即"邺架"，旧称藏书多者为"邺架"）。元旦休假逛书店而作。

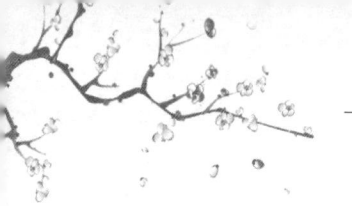

乙酉春节后自京归疆于机舱内望天山

2005年2月25日

波涛汹涌锦霞铺，
浮云之上群山舞。
春风未及塞外雪，
找油莫谓行程苦。

一斛珠·大柴旦①行

2005年5月1日

登高望远,
雾散云霁无春意。
心身沐浴冰雪里,
千古苍凉,
长风吹无迹。

阿尔金山六千米,
青海湖水万顷碧。
牧边走马向天问,
漂泊孤心,
远帆齐天际。

【注释】

①大柴旦：蒙古语，大盐湖之意。位于青海省海西蒙古族藏族自治州境内，柴达木盆地的北缘。5月1～3日陪同集团公司领导及专家到柴达木

盆地地震勘探现场及青海湖进行地质考察。从敦煌翻越海拔3800米的当金山到大柴旦的东方地球物理公司(BGP)阿克塞地震勘探现场基地,夜宿德令哈镇。由德令哈至青海湖一路雪山皑皑,景远辽阔,风景旖旎。青海湖畔,水天一色,蔚为壮观,只有诗意包围。

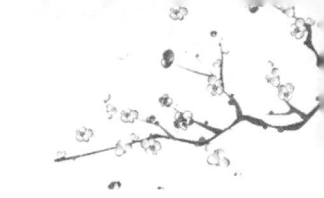

无题

2005年10月1日

  2005年国庆及仲秋放假期间，在新疆值班，从位于准噶尔盆地永9井现场回到驻地，已是月夜时分，独坐火炬广场，望月思乡，思念父母。始知"独在异乡为异客，每逢佳节倍思亲"之真意。

    记得当年仲秋夜，
    半块月饼分外甜。
    小院围坐乐陶陶，
    陋室虽简趣无限。

    今夜秋风似往年，
    桌上月饼无心看。
    独坐西域何处是，
    素月高挂天山前。

父亲离世三周年与兄弟姐聚于六藤居[①]

2005年10月15日

鹧声晨啼醒来早,
竹园枯坐思故人。
剪切胶莱[②]半江水,
劈柴煮茶奉双亲。

【注释】

①六藤居：老家居屋。原为民国初期书法家、乡村著名中医赵汝治住宅，1966年由父母赵清松、卢淑贞夫妇购入，80年代因村镇规划，旧宅拆除，于原址上盖起新房。起初因院内植有一片青竹而为竹园，后因植有六株紫藤而名。父母谢世后，取父母亲名字中"淑""清"各一字称院落为"淑清园"，并立石记之。

②胶莱：即胶莱河，见《暖春故乡行》。

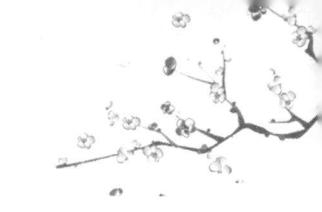

塞外新年

2006年1月1日

葱岭月，
半空悬，
嫦娥云霞间。
秋夜尽，
万物眠，
卧虎如天山。

沙似海，
风如剑，
昆仑照肝胆。
新年至，
诉心曲，
欲说又无言。

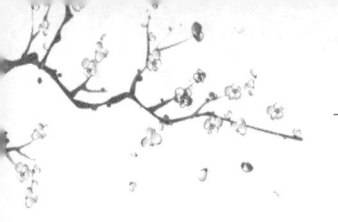

暮春逢雨有感[①]

2006年5月30日

肆虐沙尘,
遮空蔽日,
乍暖还寒愁点滴。
昨夜残酒雨潇,
客舍杨柳碧洗。
杏花粉雨落泥,
蜂蝶翻飞觅知己。

闭户闲坐,
孤寂如此美丽,
心静世间稀。
有谁知
素简相伴可称意。
凝窗外,
彩练当空子规啼。

如园梅语

【注释】

①2006年4～6月，参加中央党校国资委分校学习班。京城春季，屡遇沙尘，适逢周日夜来春雨，晨起碧空如洗，恰孩子参加今年高考，周末一起到北海公园参观游览归来，记之。

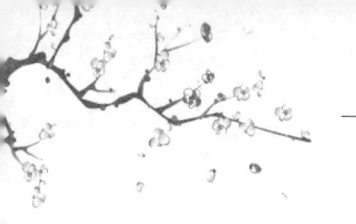

南山水西沟[①]

2006年10月15日

昨日绿红黄,
晨起素裹装。
眺望天山远,
西域添新凉。

【注释】

①与中石油同事在南山水西沟度假村技术座谈会期间,晨起散步,夜来雪至,园中白桦林一片素裹之中,远望逶迤天山更加雄姿勃发,有感而发。

冰雪轮台[①]

2006年11月27日

南疆三日大雪,乃多年来所罕见。夜乘火车由乌鲁木齐过天山至南疆轮台,去沙漠腹地顺托果勒作业现场地质任务交底。途中凝望窗外,白雪茫茫,天地一色,有感之。

南疆大雪连三日,
天山逶迤影依稀。
都护府前风雪夜,
点点红妆挂征衣。

大漠皑皑素千里,
亘古原上钻塔立。
探油找气泣鬼神,
任他冰雪苦相欺。

【注释】

①轮台:古突厥语,意为雄鹰站立的地方。南疆一县名,属巴音郭楞蒙

古自治州，古时为西域都护府所在地。唐朝诗人岑参有"轮台东门送君去，去时雪满天山路。山回路转不见君，雪上空留马行处"句。

望江东·西指成立五周年

2006年12月

大漠戈壁贯西域,
望不见,
繁华路。
踏雪走石光阴促,
愧父母,
家难顾。
灯前写了书无数,
准噶尔,
塔里木。
皓首穷经为谁苦,
找石油,
情如初。

七律·丁亥年乌鲁木齐春节[①]

2007年2月17日

除夕抖擞披红妆，
戈壁天山脚下行。
大漠起舞动四野，
钻塔扬声贯苍穹。

热血一腔固井场，
冰雪九重探油龙。
莫道冰天穷朔漠，
却有情怀揽繁星。

【注释】

①2007年春节，西部指挥部安排笔者在新疆值班。除夕之夜，到位于准噶尔盆地腹部的董6井与现场钻井、测试、录井职工一起过年。井场冰天雪地，钻机轰鸣，职工热情高涨，喜气洋洋，在这里和工人一起度过了一个安全、祥和、快乐的新春佳节。

忆秦娥·贺勘探公司成立[①]

2007年4月15日

西域归
春风撩乱新柳剪。
新柳剪,
和风袭庆,
杏花如雪。

勘探新区七十万,
五湖四海汇英杰。
汇英杰,
运筹帷幄,
他日报捷。

【注释】

①2007年3月,中国石化勘探公司在北京成立。总部下设南方勘探分公司,西部勘探分公司及北方勘探分公司。新区勘探面积70万平方千米,作者被聘任为公司党委委员,总工程师。

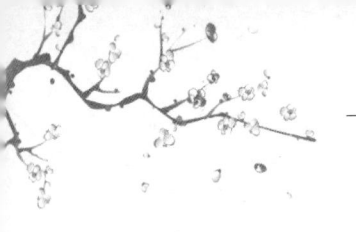

英伦秋赋[①]

2007年9月15日
Ashridge.UK

独上琼台异乡客,
古堡凭窗落叶收。
浅痕淡抹听鹿鸣,
斜风细雨伴暮钟。

遥想戈壁金色暖,
倒影胡杨苍且柔。
经年潮水岸边石,
还有棱角向春秋?

【注释】

① 2007年8月到12月赴英国伦敦阿什利奇商学院学习,校园乃当今英国女王伊丽莎白二世少女时期的住所,环境优雅静谧。餐后一人独自漫步,一种宁静、恬淡的美丽萦绕其间。无言独上Ashridge古堡大厅,凭窗远望,秋色正浓,丹桂枫栌,无边落叶带来万千祝福,远处森林中鹿鸣呦呦,异国他乡想起西域生活的艰辛与困苦,不觉产生更多的眷恋和感叹。

浣溪沙·中秋述怀[①]

2007年9月25日

钟声送寒晚来风,
他乡如丝细雨浓。
淡烟厚云正穷秋。

此身今日万里外,
微醺且上公主楼。
一曲清歌半窗留。

【注释】

①今日是中秋之夜,学校安排同学聚会,酒酣而归,久不能眠,至园中散步,"披衣觉露滋"之感于英伦尤甚。

新春游荟萃湖[①]有感

2008年2月12日

击水荡舟荟萃湖,
静思问难华东园。
弹指二十八年间,
青菜少年又从前?

【注释】

①荟萃湖:位于原华东石油学院校园内,水面开阔,树木成林,桥卧湖心,亭隐林中。游园于寒冷的冬季,更添一番韵味。"荟萃湖"及楹联"宜击水宜荡舟名园曰荟萃,聚九州英彦,乐居青莱,且康且健;或静思或问难大学称华东,育四海桃李,志在寰宇,乃武乃文",由原华东石油学院院长、中科院院士、著名炼油工程专家杨光华教授题写。新春佳节于东营陪岳父母过年期间,游荟萃湖记之。

※杨光华(1923—2006),湖南浏阳人,中国科学院院士。1945年毕业于浙江大学化工系,1948年赴美国威斯康星大学攻读硕士和博士研究生,1951年5

月回到祖国，先后在北京大学、清华大学任教，1953年参加北京石油学院筹建工作，历任石油及天然气工学教研室主任、炼制系主任。1956年加入中国共产党，同年赴苏联莫斯科石油学院进行科学研究，首次提出的裂化催化剂上结焦动力学方程被称为潘钦可夫—杨式方程，载入了苏联科学院的文献之中。1965年起任北京石油学院副院长。1969年之后任华东石油学院副院长、院长、院学术委员会主任、教授、博士生导师，北京研究生部党委书记、院学术委员会主任、重质油加工国家重点实验室学术委员会主任，期间被选为党的十大代表。1988年—1992年任石油大学校长，此后任石油大学校务委员会主任等职。曾兼任国务院学位委员会工业化学与化学工程学科评议组成员，国家教委科技委第一、二届委员，中国石油天然气总公司科技委员会副主任、学位委员会主任、教育指导委员会副主任，世界石油大会中国国家委员会委员，中国石油学会第一、二、三届理事，国际多学科杂志《能源》的顾问委员等。50年代，杨光华教授和武迟教授创办了我国第一个石油天然气工学专业，并主编了我国第一套《石油炼制工艺学》教材。他在美国发表的《气固相催化反应机理的决定》论文，一直为国内外化学反应教科书和专著所引用，被称为化学反应工程学创建初期的经典论文。60年代初，杨光华教授完成了"新型凝油剂的合成及其使用配方"，投入工业生产后迅速装备我国防化部队，荣获全国科学大会奖和国家发明三等奖。60年代以来，杨光华教授还领导了多项技术研究，取得了一系列重大成果，成为国家重点学科"石油加工工程"和国家开放实验室"重质油加工实验室"的学术带头人。杨光华先生是蜚声海内外的著名教育家，长期致力于石油高等教育的教学、研究和管理，在培养石油化工专业人才等方面做出了重要贡献。

黄土塬三月行

2008年3月

一水弯弯黄天去,
百川青青草色远。
八百里黄土高原,
五千年历史起点。

老树枯枝杏花满,
春风有痕世外园。
石油煤层页岩气,
勘探突破先物探。

【注释】

①勘探公司成立后于2007年在鄂尔多斯盆地南部及北部部署了多个目标地震勘探区块。针对地质任务的技术设计针对黄土原地区技术路线先进又实事求是,尤其是对黄土塬激发和接收采取灵活有效的方法,取得了较好的地质效果,为本区的石油、天然气、煤层气及页岩气的勘探提供了较好的地震数据体。2008年3月到地震勘探现场工作时所写。

七律·北海送友人[①]

2008年11月29日

齐鲁男儿八尺汉,
黑土地上谓模范。
三老[②]四严[③]固强基,
四个一样[④]精神远。

一纸调令下南国,
十五春秋不言怨。
二次创业艰难渡,
北部湾畔明珠冠。

【注释】

①2008年11月27～29日笔者作为石油物探标准化委员会副主任到北海参加中国石油物探标准化委员会会议,其间在中国石化管理干部学院党校学习的时任大庆石化总厂副厂长、现任中国石化北海炼厂负责人刘永胜(山东平度人)茶聚。

②三老:说老实话,办老实事,做老实人。

③四严：严格的要求，严密的组织，严肃地态度，严明的纪律。

④四个一样：白天晚上一个样，好天气坏天气一个样，领导在与不在一个样，没有人检查和有人检查一个样。"三老四严""四个一样"产生于20世纪60年代初举世闻名的大庆石油会战，是中华民族精神的重要组成部分。

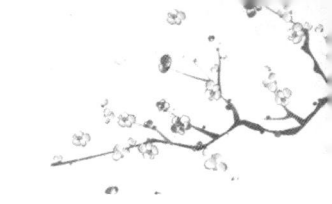

七律·贺刘光鼎先生80华诞[①]

2008年12月17日

春风大雅能容物,
秋水文章不染尘。
首辟海洋探油气,
二次创业谱新篇[②]。

豪情三杯说太极,
热血一腔点江山。
群贤毕至庆华诞,
更上层楼再问难。

【注释】

①刘光鼎（1929年12月29日-2018年8月7日），山东蓬莱人，海洋地质地球物理学家，中国科学院院士，第三世界科学院院士。刘光鼎1948年9月参加革命；1952年7月毕业于北京大学物理系，随即在北京地质学院任教12年；1958年组建中国第一个海洋物探队，任队长；1964年任地

质部海洋地质所地球物理研究室主任，第二海洋地质调查大队技术负责人，海洋地质调查局副总工程师，综合研究大队长；1980年当选为中国科学院学部委员（院士）；1980年任地质矿产部海洋地质司副司长、石油地质海洋地质局副局长；1989年任中国科学院地球物理所所长；1993年当选中国地球物理学会理事长；1998年年当选第三世界科学院院士；2018年8月7日下午18时，刘光鼎逝世，享年89岁。刘光鼎长期致力于地球物理与海洋地质、石油地质研究。笔者与刘光鼎先生相识于上个世纪90年代中期，当时先生高瞻远瞩地提出"中国石油工业二次创业的出路在于突破海相碳酸盐岩"的建议，并在胜利油田渤海湾盆地深层古潜山油气勘探取得了重要突破和进展，其重要的参与者是从法国波尔多大学获得博士学位并在中国科学院地球物理所做博士后的大学同学杨长春博士。先生几次来胜利油田与油田一线科技人员探讨交流，笔者时在胜利油田地球物理勘探开发公司任职，自此相识。2004年聘任笔者为中国科学院油气地球物理实验室的院外专家，并在这里结识了丁仲礼、欧阳自远、朱日祥等一大批著名院士、学者和一线的专家，他们科学严谨的治学态度，让笔者受益匪浅。2018年5月先生还坐轮椅参加了中国科学院油气地球物理实验室的会议并一起午餐，把他签名的近期新著《地球物理学通论》赠送与会人员。在会上，抱病的刘先生针对我国油气勘探开发技术装备受制于人的被动局面，就十几年前前瞻性地提出要自主研发油气勘探开发的高端装备问题，又谈到了对海底地震仪、MEMS数字检波器、万道地震探测装备等关键核心技术进行攻关问题。当我们今天面临贸易保护主义抬头，关键核心技术更加受制于人的国际大环境时，我们更深切地体会到先生战略科学家的长远目光、宽阔胸怀和超人胆识，更深切地体会到一位战略科学家对国家发展的重要。2018年6月同济大学杨凤丽教授约笔者一同到先生家中看望，偶遇著名地质学家、中国科学院院士孙枢夫妇，一个月后两位地学界先辈先后谢世，让人唏嘘感叹不已。2009年笔者编著的《地球物理在油气勘探开发中的作用》一书请先生写序文，本来是写好以后签名即可，但刘先生执意亲自写了一篇，序文中钢笔字隽永刚劲，无一处错别字和划痕。故在出版这本书的时候，就直接用刘先生所书钢笔手迹序言发表。2013年春节期间，刘先

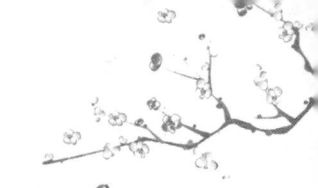

生为新成立的地球物理公司提写"地球物理报"的报头。2008年12月17日，先生的学生和友人在和园宾馆为他80岁的生日举行学术报告会。

※ 杨凤丽，山东沂水人，同济大学海洋地质学院教授。

※ 孙枢（1933—2018），江苏金坛人，著名地质学家，中国科学院院士，第三世界科学院院士，国际欧亚科学院院士，伦敦地质学会（终身）荣誉会员。1933年7月23日出生于江苏金坛，从南京大学地质系毕业后进入中国科学院地质研究所任职；1956年加入中国共产党；1984年出任中国科学院地质研究所所长；1987年出任中国科学院资源环境科学局局长；1989年当选为第三世界科学院院士。1991年当选为中国科学院学部委员(院士)。1991年出任国家自然科学基金委员会副主任。孙枢长期主持或参与中国地球科学及资源环境科学发展战略研究，为中国地质学领域的规划和发展做出了重要贡献。

② 1996年，刘光鼎先生在组织中国科学院重大攻关项目过程中，高瞻远瞩地提出，中国石油工业二次创业的出路在于突破海相碳酸盐岩。先生提出的这一重大科学论断主要依据是，根据1994年全国油气资源评价资料，我国陆上和沿海大陆架沉积盆地总面积为550万平方千米，石油总资源量940亿吨。但我国石油资源的勘探程度很低，探明储量只占22%。而且，勘探领域主要是陆相地层。从解放初克拉玛依油田发现以来的40多年间，我们"吃"的都是新生代和中生代的陆相石油，忽略了对海相地层的深入研究。从我国油气勘探历程出发，客观地指出，"陆相生油"为我国石油天然气的发展奠定了基础，是我国油气的第一次创业，但"陆相生油"理论也造成了中国油气勘探上的思想禁锢和认识误区。他认为，在陆相油田力不从心的今天，我们应该在前新生代海相地层中寻找油气。如果成功，这将是我国油气工业的第二次创业！在这一建议的推动下，中石化、中石油等油公司在南方海相、西部海相碳酸盐岩地层先后取得勘探重大突破。

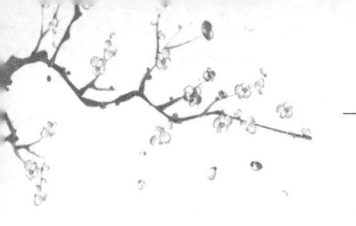

七律·扬州[①]

2009年5月

天下之盛扬为首,
万千胜境一眼收。
烟水悠悠城依旧,
琼花青青玉成球。

伯牙弹弦觅知音,
广陵散[②]尽埋风流。
垂江碧树拢两岸,
暮雨苍茫掩归舟。

【注释】

①2008年3月,笔者被集团公司党组聘任为中国石油化工股份有限公司油田勘探开发事业部副主任、总工程师,负责油气地球物理及上游的企业管理工作。2009年5月集团公司组织现代企业管理考察代表团赴英国,法国、挪威、荷兰、德国、意大利的BP、shell、道达尔、埃尼、梅赛德斯、

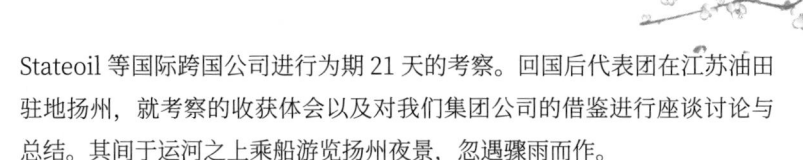

Stateoil 等国际跨国公司进行为期 21 天的考察。回国后代表团在江苏油田驻地扬州，就考察的收获体会以及对我们集团公司的借鉴进行座谈讨论与总结。其间于运河之上乘船游览扬州夜景，忽遇骤雨而作。

②广陵散：又名《广陵止息》，中国古代一首大型琴曲，是中国音乐史上非常著名的古琴曲，著名十大古琴曲之一。广陵即今日之扬州，《广陵散》作为旷古名曲，因先秦时聂政刺杀韩相而作。魏晋琴家嵇康以善弹此曲著称，嵇康因被司马昭处死而成为绝响。刑前仍从容不迫，索琴弹奏此曲，并慨然长叹：《广陵散》于今绝矣！

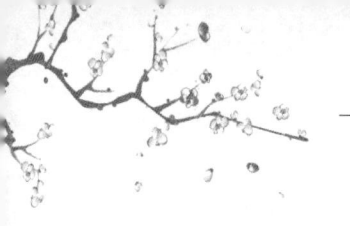

秋思·复李人学[1]

2009年8月28日于哈尔滨

2009年集团公司勘探会议期间,收到李人学老领导发来的《秋思》词。读后依韵和一首,经勘探院何志亮[2]院长斧正,寄送回复。

金秋沉甸甸,
果实累,
五谷香。
碧水群山,
层林尽染,
万千红装。
暖阳,
正悬沧桑,
林荫间踏满地金黄。
弹指经年远去,
谈笑入我诗囊。

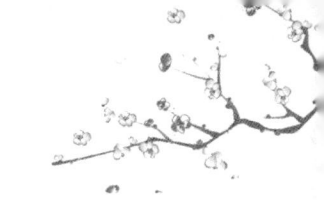

【注释】

①李人学（1939—2012），山东牟平人，1965年毕业于北京地质学院，曾任石油工业部胜利油田地质调查指挥部及胜利油田负责人。《秋思》原文：入秋风瑟瑟，暑消瘦，菊添黄。碧水长空，南迁北雁，列队成行。朱阳，渐西落去，黯近怀节气太匆忙。弹指经年远去，袖掸暮落晨光。

②何志亮，湖北荆州人，武汉地质学院（今中国地质大学（武汉）矿产普查与勘探专业毕业），博士研究生，知名区域地质构造专家和石油地质学家。

西指战友为援疆阿克苏送行[①]

2011年8月19日

京华八月天,
战友聚欢颜。
莫道西域远,
今日又出关。

举杯邀故旧,
何不同戍边。
脚踏天山雪,
遥祝君平安。

【注释】

①京城八月,昔日西部勘探指挥部战友相聚在东方红酒楼,为笔者援疆任职阿克苏举行欢送会而作。友人侯洪斌(河南商丘人),1982年毕业于成都地质学院石油地质专业,知名石油地质学家,2001—2004年任中石化西部新区勘探指挥部副指挥兼总地质师,时任中国石化安哥拉国际石油勘探开发公司总经理。赋诗一首为作者送行,诗曰:回首十载前,伴君同戍边。今朝兄弟暮,送弟把豪盏。

山坡羊·姑墨抒怀①

2011年9月

托峰②云聚,
塔河③水怒,
繁华悠悠丝绸路。
身西域,
心安处。
万顷稻菽风中舞,
千河汇成水韵都④。
昔,
也天府。
今,
也天府。

【注释】

①2011年7月接到中国石化集团公司人教部通知,8月10日到中央组织部组织干部管理学院学习。笔者被中央组织部选为中央国家机关和中央企业第7批援疆干部。学习结束以后,于8月25日从首都机场到乌鲁木齐。

在自治区及兵团举行的欢迎大会上，笔者被任命为新疆维吾尔自治区阿克苏地区地委常委，行署副专员，行署党组成员，开始了为期三年的援疆生活。姑墨国的分布地区为今叶尔羌河以北，天山腾格里峰以南地区，治所在今新疆阿克苏。汉时属西域长史府。南北朝时属魏，附于龟兹，称姑墨，又称亟墨，唐时称跋禄迦，于其地置姑墨州，属龟兹都督府。

②托峰：托木尔峰位于阿克苏地区温宿县境内的中国与吉尔吉斯斯坦国境线附近，是天山山脉的主峰，海拔7435.29米。

③塔河：即塔里木河，是中国最大的内陆河，全长2179千米。

④阿克苏地区境内有众多河流，被称为白水之城，其中天山的阿克苏河、喀什噶尔河、喀喇昆仑山的叶尔羌河以及和田河在阿瓦提县境内肖加克交汇成塔里木河的源头。

如园梅语

克孜尔千佛洞[1]怀古

2011年9月

莫道桃园是故乡，
且把姑墨[2]比天府。
华夏古国三千景，
不如龟兹[3]一洞窟。

【注释】

①克孜尔千佛洞：又称克孜尔石窟或赫色尔石窟，中国佛教石窟，位于新疆拜城县克孜尔镇东南7千米明屋塔格山的悬崖上。其中保存壁画的洞窟有80多个，壁画总面积约1万平方米。它是我国开凿最早、地理位置最西的大型石窟群，大约开凿于3世纪，8—9世纪逐渐停建，是1961年公布的第一批全国重点文物保护单位之一。写于陪同中国转变经济增长方式检查组参观时所作。

②姑墨：西域三十六国之一，今阿克苏市、温宿县一带。汉代先后属西域都护和西域长史。三国时属魏，附于龟兹。南北朝时作姑默。唐称跋禄迦，

亦名亟墨，于其地设姑墨州，属龟兹都督府。

　　③龟兹：汉西域诸国之一。今轮台、库车、沙雅、拜城、阿克苏、新和六县市一带。兴盛于公元前2世纪至12世纪，是古华夏文明、古印度文明、古波斯文明和古希腊—罗马文明的交汇地。

鹧鸪天·别迭里①行

2011年11月23日

天山尽处锁深秋,
断雪依水尽眼收。
丝路花雨乌孙路,
通商欧亚谓咽喉。

黑烽燧②,雄赳赳,
一丘一壑也风流。
欲知险峰绝佳处,
何不天语挥方遒。

【注释】

① 2011年11月22～23日陪同自治区政府领导人赴中吉(吉尔吉斯)边境别迭里口岸考察,并慰问当地驻军。别迭里:地名,蒙古语,意为冰达坂。是中国与吉尔吉斯斯坦接壤地,位于今新疆乌什县西北85千米处,是古丝绸之路的通道之一。东汉班超平乱于此,玄奘赴印度取经经于此地,

沿伊塞克湖西行到达印度。清代、民国时期在此设有海关和关卡。1945年中国与苏联中断通商，口岸关闭。此行考察意欲为重新开放别迭里口岸做准备。

②黑烽燧：位于乌什县雅满苏乡西北约30千米天山南麓山前冲积戈壁上。烽燧始建于东汉，至今仍巍然屹立，远眺颇为壮观。基部呈长方形，外部呈梯形，四周用长卵石垒砌，且有梯级台阶至顶部。别迭里烽燧是我国万里长城西部的最尾端。

克拉玛依黑油山[1]

2011年12月7日

初雪入胡天,
踏访黑油山。
遥看平地起,
沉积亿万年。

不怜家乡水,
征蓬出汉关。
问天何为难,
沙场犹战酣。

擘画八条线[2],
中苏肩并肩[3]。
克井[4]捷报传,
泪飞大油田。

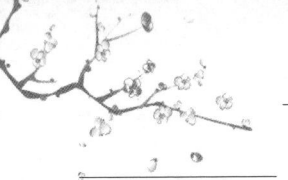

【注释】

①2011年12月6～7日参加自治区在克拉玛依举行的平安建设推进会，其间到新疆油田勘探开发研究院博物馆和黑油山参观。黑油山位于克拉玛依东北部，距市中心2千米。由于地壳变动，岩石破裂断碎，地下石油受地层压力影响，沿岩石裂隙不断向地表渗出，石油中轻质部分挥发，剩下稠液同沙土凝结堆成此黑油山。最大的一个高达13米，面积0.2平方千米。

②1951年的克拉玛依石油会战之初，会战指挥部决定，在位于克（克拉玛依）——夏（夏子街）断裂带部署八条地球物理大剖面。

③1950年成立中苏石油股份公司。

④位于克拉玛依市黑油山东南方5.5千米处，1955年6月16日独山子1219青年钻井队开钻，10月29日完钻喷出工业性油流，是克拉玛依油田发现的标志。

山坡羊·忆马在田[1]老师

2011年12月31日

学界中坚,
致远乐天,
严谨睿智兼内敛。
产学研,
桃李满。
波动偏移绩斐然,
马氏算法[2]声播远。
昔,
也垂范。
今,
也垂范。

【注释】

①马在田(1930—2011),辽宁法库人。中国共产党优秀党员、著名地球物理学家、中国科学院院士、同济大学教授。和马在田院士相识于1995年,

当时在中国科学院地球物理研究所工作的杨长春博士陪同笔者在西郊宾馆见到参加地球物理学术会议的马先生，此后十几年就有关的物探技术问题一直进行交流与合作。1999年笔者有意将过去发表在有关刊物上的一些学术论文和技术报告整理出版，想让马在田老师写序。他问报告集带来了没有，要写序的话，必须把你的论文看一遍。将厚厚的论文稿寄给他后，先生当即来电话说他将用两周的时间看完，然后把序文写出来。先生当时已经查出来患有胰腺癌，还如此认真严肃地对待学术问题，让我感到由衷敬佩和不安。此文乃先生去世时笔者到上海参加告别仪式时所作。一年以后同济大学举行追思会，笔者又作《若能忘记》一文以表达对先生的怀念。

※杨长春，河北蠡县人，中国科学院地球物理研究所研究员、副所长，法国波尔多大学地球物理学博士。

②马在田先生在地震偏移成像理论的研究方面有独特的研究与贡献，提出了地震成像的高阶方程分裂算法，该算法使地震成像技术有突破性的发展，在国际上受到广泛承认，被誉为"马氏方法"或"马氏系数"。

浪淘沙·克孜尔尕哈烽燧[①]

2012年6月18日

沧桑二千年，
凌空蓝天。
漫道千里越群山。
却遥想当年狼烟，
一路长安。

望残存木栅，
天淡云闲。
公主无恙舞翩翩[②]？
幽怨胡笳寂冷月，
牧歌凄婉。

【注释】

①克孜尔尕哈烽燧是丝绸之路上最古老、目前保存最完好的烽燧遗址，位于新疆库车县城西北盐水沟东侧，维吾尔语为"红嘴老鸹"或"红色哨卡"

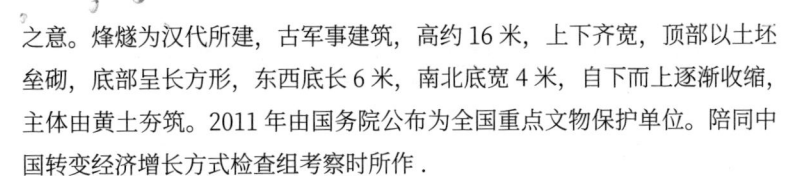

之意。烽燧为汉代所建，古军事建筑，高约16米，上下齐宽，顶部以土坯垒砌，底部呈长方形，东西底长6米，南北底宽4米，自下而上逐渐收缩，主体由黄土夯筑。2011年由国务院公布为全国重点文物保护单位。陪同中国转变经济增长方式检查组考察时所作.

②传说古龟兹国的一位公主和一个穷人家的小伙子相爱，因等级观念使他们不能成亲。悲愤的小伙子乔装成一个巫师，为国王占卜说他的宝贝女儿要被蝎子毒死，必须住在最高的地方，国王就把女儿送到了烽燧之上，于是小伙子就时常攀上烽燧和自己心爱的人相会，后来被国王发现，用乱石把小伙子砸死在烽燧之下，公主悲恸欲绝，在烽燧之上绝食殉情。

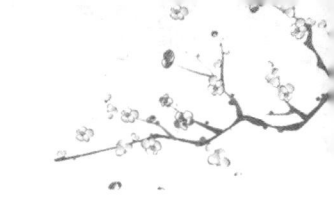

忆秦娥·回望阿克苏①

2013年元旦

长安乐，
瑶台万曲龟兹国②。
龟兹国，
年年柳色③，
杏花如雪④。

安西四镇⑤今犹在，
丝路故道音尘绝。
音尘绝，
一碧千里，
托峰⑥嵯峨。

【注释】

①2012年7月24～26日，中国石油化工集团公司党组主要领导携集团公司及有关部门负责人来到库车，与自治区和新疆生产建设兵团党政主

要领导一起出席塔河炼油化工股份有限公司成立揭牌仪式及工作座谈会。塔河炼油化工股份有限公司，原是中国石化的独资企业塔河炼油厂，根据股权股份制改造的原则，由新疆阿克苏地区参股，组成混合所有制企业在当地注册，这一新的投资和经营模式，对促进地方经济发展，创造央企良好的工作环境具重要意义，是中央企业改革创新的新尝试。这一探索是笔者到新疆阿克苏地区工作时主要工作之一，得到了新疆维吾尔自治区党委和中国石化党组的高度重视与支持。在这次工作座谈会上，得知集团公司党组根据人事部门征求了解总部和有关油田负责人意见后决定让笔者回总部工作，作为地球物理公司重组的牵头负责人，但由于援疆期间工作变动，需要和新疆维吾尔自治区党委以及中央组织部汇报请示批准以后，才能正式通知。12月底，组织部门正式通知笔者党组决定，在与阿克苏地委、行署以及新疆维吾尔自治区党委有关领导和部门辞行以后回北京任中石化地球物理公司执行董事、总经理、党委副书记。2015年3月，改任执行董事、党委书记。

②龟（qiū）兹：见《克孜尔千佛洞怀古》。

③晚清重臣左宗棠西进收复新疆时遍植道柳，从而形成连绵数千里绿如帷幄的塞外奇观，后人称之为"左公柳"。

④阿克苏地区盛产白杏，肉厚味浓，酸甜适口，种植历史超过3000年，面积达6万多公顷，每逢春季，200多万株杏花迎风绽放，远望去如皑皑白雪。

⑤安西四镇：唐代前期在西北地区设置、由安西都护府统辖的四个军镇。安西都护府设于龟兹（今新疆库车），余者为疏勒（今新疆喀什）、于阗（今新疆和田西南）、焉耆（今新疆焉耆西南），简称安西四镇。

⑥托峰：见《山坡羊·姑墨抒怀》。

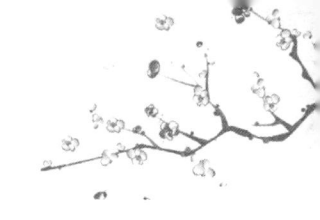

临江仙·复侨中[①]友人[②]

2013年11月21日

三十五年弹指间,
人间覆地翻天。
平生细诉九回肠。
少年青涩梦,
几度历风霜。

胶莱风华依旧在,
明窗净几书香。
尘寰错落太匆忙。
遍地叶金黄,
何必话沧桑。

【注释】

①侨中：山东省华侨中学。1956年由当地旅居海外的519名华侨捐资兴建，并受到周恩来总理的亲切接见。为中国北方唯一一所和中国少数几所

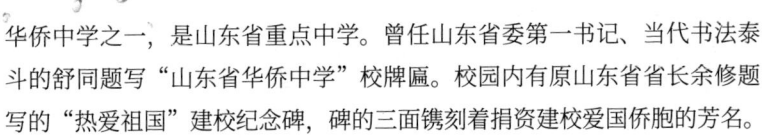

华侨中学之一,是山东省重点中学。曾任山东省委第一书记、当代书法泰斗的舒同题写"山东省华侨中学"校牌匾。校园内有原山东省省长余修题写的"热爱祖国"建校纪念碑,碑的三面镌刻着捐资建校爱国侨胞的芳名。

②友人:华侨中学付俪娅(山东平度人,1983年菏泽医学院毕业,著名呼吸道系统医生。)、付其俭(山东平度人,1985年新疆工学院毕业,从事健康管理工作。)两位同学来京相聚,共叙友情。谈起求学往事、趣事以及当今世风日下,感叹时间飞逝,世事变迁之巨。

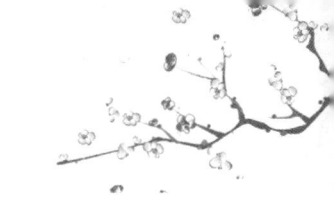

踏莎行·春雪

2014年2月7日

一冬无雪,
千呼万唤,
来后却似梅花落。
白雪又嫌春色晚,
缓抚琴弦关山月。

去年旧事,
朝夕若过,
人间正道任评说。
风冷夕照见枝青,
坐看西山晴后雪。

满江红·七七事变七十七周年

2014年7月7日

卢沟狮吼,
凭栏处,
旌旗猎猎。
抬头望,
雾霾浓锁,
痛心几何?
七十七年风伴雨,
覆地翻天换人间。
莫空叹,
一万年太久,
劲正酣。

昔甲午,
割台湾;
又澎湖,
国库干。
恨夷技长我,

踏破山河。
殇思探求悲糊涂,
卧薪尝胆须镜鉴。
中华梦,
祈国泰民安,
复兴还。

鹧鸪天·闻和田万众围捕暴恐之徒致俱伟①

2014年8月2日

誉满姑墨②又于阗③,
浩瀚阑干谱新篇。
南疆今日起波澜,
携手万众凯而旋④。

泳池边,
话当年,
危难时分冲向前⑤。
却将日月留昆仑,
换得西域艳阳天。

【注释】
①俱伟:时任新疆维吾尔自治区和田地区地委委员、地委政法委副书记、公安局党委书记、局长,三级警监警衔。曾任阿克苏地区公安局党委书记、局长。

②姑墨：见《克孜尔千佛洞怀古》。

③于阗：古代西域王国，中国唐代安西四镇之一，今新疆和田西南。

④7月28日，新疆莎车县发生一起严重暴力恐怖袭击案件，造成多名群众伤亡。8月1日，和田地区公安干警与当地3万余名群众合力围捕7·28事件逃亡暴徒。

⑤笔者援疆期间与俱伟先生共事相识，工作之余常与之相遇于阿克苏地区武警支队游泳训练基地，曾听其谈及处置有关暴恐活动的经历。

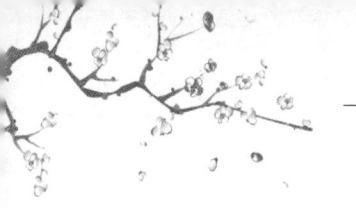

仲秋感言

2014年9月8日

仲秋遇白露,
夜色疑染霜。
抚琴良宵引,
庭院夜未央。

把酒问嫦娥,
玉兔可安详?
仙人执团扇,
树下话沧桑。

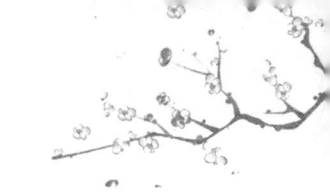

采桑子·2015年元旦

2015年1月1日

人生易老天不老，
岁月悠悠。
岁月悠悠，
路漫修远不识愁。

涤除胸中尘数斗，
欲说还休。
欲说还休，
却道时光可倒流？

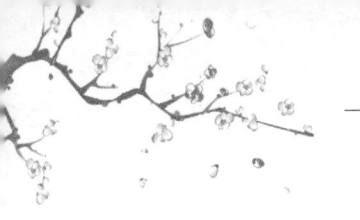

南京遇雪[①]

2015年1月28日

辞别扬州看金陵，
梅花山上梅不见。
道是漫天雪花舞，
半梅半絮半呼唤。

叠翠湖边任流连，
洗却身心万千倦。
我寄白雪三千片，
旧符已换新桃年。

【注释】
① 2015年1月27日赴江苏油田走访及地球物理江苏分公司调研，后于28日前往南京调研地球物理华东分公司、装备管理中心、物流采办中心，并与华东石油局、华东石油工程公司座谈。是夜，大雪漫天，乃今冬首场雪遇金陵，园中徜徉，有感而作。

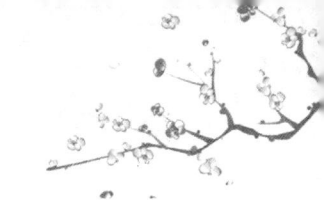

鄂尔多斯除夕夜

2015年2月18日

鄂尔多斯①圣主地,
苏泊罕大草原②。
秦直大道③何处觅,
风雨沧桑两千年。

毛乌素④里寻油气,
除夕奋战勘探酣⑤。
古道向远马蹄疾,
建功双百油气田⑥。

【注释】

①鄂尔多斯:蒙语,意为"众多的宫殿",成吉思汗亲征西夏途经此处,被美丽景色所打动,选为长眠之所。

②取名自"苏布尔嘎大草原",苏布尔嘎为蒙语,意为"塔",因草原内有白塔而得名。

③秦直大道：秦始皇为抗击匈奴于公元前212至公元前210年命蒙恬监修的一条重要军事要道，南起京都咸阳（现咸阳淳化县），北至九原郡（现包头附近），大体南北相直，故称"直道"。道路全部用黄土夯实，全长736千米，比闻名西方的罗马大道要早200多年，享有世界公路鼻祖的美誉，被国家列为大遗址保护工程。

④毛乌素沙漠是中国四大沙地之一，位于榆林地区和鄂尔多斯市之间，据考证，古时候该区水草肥美，风光宜人，后因气候变迁和战乱，植被丧失殆尽，就地起沙，形成沙漠。

⑤笔者前往杭锦旗三维地震勘探项目现场看望慰问一线队伍，与河南分公司2224队职工共度除夕。

⑥中石化华北石油局提出将鄂尔多斯油气田建设成为百万吨原油和百亿立方米天然气的"双百"油气田。

胶莱河[1]（仿五言古体诗）

2015年3月20日

一水牵两湾
半岛割分晓
凿通八百年
两岸万顷饶

夏来戏狮口[2]
冬至雪水挑
柳笛声悠扬
芦花临风高

石桥今安在
云淡雁阵叫
长堤水逶迤
不逊江南俏

随梦风万里
南北走四方

何处听江声
胶莱是家乡

【注释】

①胶莱河南北分流,南流入胶州湾,北流入莱州湾,两湾由河相连,河名取自两湾首字。该河始于元朝,元世祖为南粮北调接济京师,莱州人姚演建议开凿胶莱运河,并任命为主管,于1280年开凿,历时五年而成。

②家乡村口通往河畔的路旁,有一明代石狮,为镇灾驱洪水之用,因年代久远及水流冲刷已面貌不清,乡人称此处为"狮子口"。

长相思·清明①

2015年4月5日

时光流，
岁月流，
淑清园②中再聚首。
儿女心依旧。

思悠悠，
念悠悠，
且采夷辛③放茔头。
薪火煮诗酒④。

【注释】

①2015年清明节为父母扫墓，笔者与大姐、二姐、兄、弟同聚六藤居。

②原为清末民国初年著名中医及书法家赵汝治之旧宅，为堂屋南屋及东厢房组成的四合院，后由赵清松、卢淑贞夫妇于1966年购置居住。因园内植有六株紫藤，春夏之交暗香浮动称之为"六藤居"，后植青竹片余，繁茂旺盛，又名"竹园"。父母谢世后，取其名中"淑""清"各一字，取名为"淑

清园",并立石记之。

③古时玉兰之别称。园中植有白色、紫色玉兰各一株,为1998年参加山东省人代会休会期间参观泰山普照寺时,由省林业科学研究所工作人员赠送。

④竹园客厅有"忠厚传家久,诗书继世长"之额匾,意为薪火相传,读书传家。

初夏之中央党校[1]

2015年6月16日

掠燕湖[2]上泊红船[3],
苍茫九州百年前。
探求真理唯马列,
星星之火可燎原。

雄关漫道卓绝路,
实事求是莫空谈。
冷眼向洋循大势,
实干兴邦双百年[4]。

【注释】

[1] 2015年5月7日至7月30日,笔者在中央党校参加厅局级干部进修班(第64期)"战略思维与领导能力"研究专题班,并被聘为中央党校第36届学生联席会委员。

[2] 位于中央党校院内,湖边立有"弘天佑民"四柱七楼牌坊,建于明嘉靖年间,1960年初由景山街迁建于此。牌坊燕窝满布,清晨、傍晚时分,

无数飞燕湖畔穿梭戏水，平添生机与野趣。

③位于掠燕湖湖中岛上，是中共浙江嘉兴市委按照南湖"一大"红船原比例仿制赠送于此，船坞旁有"一大"纪念展厅。

④党的十八大报告提出两个百年奋斗目标：一是在中国共产党成立一百年时全面建成小康社会；二是在新中国成立一百年时建成富强民主文明和谐的社会主义现代化国家。

正乙祠古戏楼①赏《琴梦红楼》②遇雨

2015年8月7日

昨夜京城大雨倾,
宣武门外对街灯。
帘水望穿心戏楼,
路人赠伞涉水行③。

沧海桑田人间事,
琴梦红楼我卿卿。
良辰美景奈何天,
真假好了④语无声。

【注释】

①正乙祠：位于北京西城区和平门南，始建于清康熙六年，重修于康熙五十一年，因供奉道教正一派财神赵公明，故得名。是北京京剧最知名的戏楼之一，也是中国最老的保存基本完好的纯木结构戏楼，被誉为"中国戏楼活化石"。

②由著名古琴家杨青根据《红楼梦》中的诗以及作曲家王立平为电视剧

87版《红楼梦》所作的十二首插曲改编的琴歌音乐会,包含了《引子》《晴雯歌》《枉凝眉》《紫菱洲歌》《分骨肉》《红豆曲》《题帕三绝》《聪明累》《叹香菱》《葬花吟》《秋窗风雨夕》《好了歌》十二首曲目。

③赴戏楼途中,突遇大雨,暂避于路旁小店,店主得知笔者去戏楼赏琴担心有误,取伞赠之。

④《红楼梦》第一回中跛足道人所唱《好了歌》:"世人都晓神仙好,唯有功名忘不了!古今将相在何方?荒冢一堆草没了。世人都晓神仙好,只有金银忘不了!终朝只恨聚无多,及到多时眼闭了。世人都晓神仙好,唯有娇妻忘不了!君生日日说恩情,君死又随人去了。世人都晓神仙好,只有儿孙忘不了!痴心父母古来多,孝顺儿孙谁见了?"

为地质实习期间与同学登泰山题照[1]

2015年8月16日

铁人九尊登岱顶,
海上行云日腾升。
风高秋月苍穹对,
乱石闲倚看劲松。

【注释】

①董淑彤(江苏徐州人,中国海洋石油公司上海石油局高级地球物理监理官)同学在微信圈里发了一幅1981年大一时野外地质实习期间登泰山之照片,乃丁伟(山东青岛人,胜利油田物探公司总经理,党委书记;中国石化地球物理公司高级专家)、于世焕(见西域春)、于建华(山东潍坊人,BP石油公司高级雇员)、马勋元(福建人,新疆石油管理局高级技术主管)、邓良元(湖南娄底人,沙特阿美石油公司高级雇员)、孙永福(山东青州人,胜利油田物探研究院高级工程师)、衣令春(山东莱西人,吐哈油田高级工程师)、董淑彤、赵殿栋等九位同学在岱顶之合影。

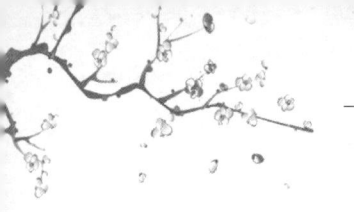

水调歌头·重回阿克苏[①]

2015年11月15日

红日喷薄出,
云霞当空悬。
却有点点星辰,
西域辽阔远。
冰天逐鹿放歌,
雪地策马扬鞭,
往事又联翩。
一壶浊酒尽,
醉乡不知返。

流云飞,
旌旗烈,
苍山远。
笙歌笛喧,
唐风琴韵汉月圆。
昆仑逶迤亘古,
托峰[②]万仞擎天,

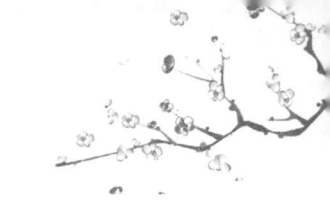

仙境终觉短。
笑岁月如歌,
叹往事如烟。

【注释】

①2015年11月11—13日,笔者因工作原因又回到离开三年之久的阿克苏,与昔日地委、行署领导及同事相见友叙,情深意长,感慨万千,填词记之。

②托峰:见《山坡羊·姑墨抒怀》。

周末早春

2016年3月1日

春愁香径日渐长,
东院学子书声朗①。
川根②汤翠香左岸③,
世间好景是微凉。

【注释】

①首都师范大学附中。

②川根是日本静冈县出产的一种绿茶。

③指京密引水渠左岸。

马莲花

2016年5月1日

院中又见马莲花,
想起童年河旁家。
坝前坡上随处见,
房前屋后曾栽它。

儿时不为它所动,
过半浮生却最佳。
旱涝贫瘠何计较,
来年又是娇蓝发。

阮郎归·记忆中故乡初夏

2016年5月12日

墙外槐花房后桐,
蒹葭野趣浓。
缓缓胶水南北流,
结伴水中游。

稻秧肥,
鹧鸪鸣,
地阔闲云悠。
坝上田间走黄牛,
乡人偶放喉。

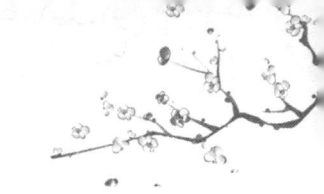

梦乡偶作

2016年7月10日

风车转河畔,
清水流菜田。
长坝蒹葭绿,
平野苦丁鲜。

村暗炊烟里,
灯明灶台边。
少年成一梦,
梦醒已不堪。

栖约堂①初夏

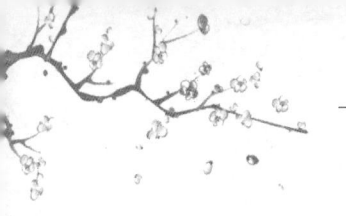

2016年7月14日

栖约闲坐一壶茶,
琴韵绕梁看落花。
庭院夏木成荫时,
还有蝉声入我家。

【注释】

①居屋自称,生活简约之意。手书后,置匾额于居室内。源自南·梁任昉《为萧扬州荐士表》:"理尚栖约,思致恬敏。"另外宋韩淲(biāo)有《栖闲堂》一词。韩淲(1159—1224)是南宋诗人。字仲止,号涧泉,韩元吉之子。祖籍开封,南渡后隶籍信州上饶(今属江西)。从仕后不久即归,有诗名,著有《涧泉集》。

祭父亲去世十五周年

2016年10月13日

岁岁重阳又重阳,
一夜秋雨敲兰窗①。
三十六年还旧国②,
往事历历悔断肠。

子曰四十而不惑,
我言半百仍惆怅。
天国没有忧愁事,
他乡遥祭有儿郎。

【注释】
①居室窗外植有白紫两株玉兰树,见《长相思·清明》。
②时值笔者离开家乡求学工作迄今已三十六年。

雪[1]

2016年11月21日

初雪随风落窗前,
远观又失西山峦。
愁客枯坐书架下,
听雪烹茶胜辋川[2]。

【注释】

[1] 2016年11月22日为二十四节气中的小雪,雪不失约,如期而至,持续近40小时。雨凝为霰(xiàn),霰成微粒,霰为霏,飞扬弥漫为雪。

[2] 辋川:位于陕西蓝田县南10余里。这里青山逶迤,峰峦叠嶂,奇花野藤遍布幽谷,瀑布溪流随处可见。因辋河水流潺潺,波纹旋转如辋,故名辋川。辋川在历史上不仅为"秦楚之要冲,三辅之屏障",而且是达官贵人,文人骚客心醉神驰的风景胜地。"终南之秀钟蓝田,茁其英者为辋川"。"辋川烟雨"为蓝田八景之冠。辋川在唐初是著名诗人宋之问的别业,后被王维购得。从此,王维便过起了"晚年唯好静,万事不关心"的闲适生活。他依据辋川的山水形势植花木、堆奇石、筑造亭台阁榭,建起了孟城坳、

华子冈、竹里馆、鹿柴寨等 20 处景观,把 20 余里长的辋川山谷,修造成兼具耕、牧、渔、樵的综合性园林胜地。《辋川集》二十首是王维辋川山水诗的集成。

腊八偶得

2016年11月22日

小寒数九逢枯雪,
霾里院中石径潮。
灶前煮粥暖肠肢,
还有数枚若羌枣①。

【注释】

①若羌县,西汉为西域婼羌、楼兰(鄯善)国地。"若羌"之含义,据中国著名考古学家黄文弼的《罗布淖尔考古记》之说,"婼羌"是部落名称,"羌"是族名,"婼羌"是由古代羌人的一个部落名称而形成的地名。光绪二十九年(1903年),改置婼羌县(属新平县)。自此,县名沿用。1958年汉字简化后,1959年经国务院批准,将"婼羌"改为"若羌",是新疆维吾尔自治区巴音郭楞蒙古自治州辖县,地处巴州东南部,塔克拉玛干沙漠东南缘。西接且末县,北邻尉犁县及鄯善县和哈密市,东与甘肃省、青海省交界,南与西藏自治区接壤,面积20.23万平方千米,是全国面积最大的县(约相当于2个江苏省或浙江省)。总人口5.2万人,有蒙古族、汉族、维吾尔族、回族、东乡族等15个民族,其中少数民族人数占40%。若羌

是内地通往中亚和新疆通往内地的第二条战略通道，也曾是古"丝绸之路"的必经要道。若羌县境内高山、盆地相间，地形多样。北部有塔里木盆地及东天山的北山部分，东南部和南部为昆仑山—阿尔金山山地，昆仑山是青藏高原的一部分。境内有楼兰、罗布泊、小河墓地、米兰古城遗址、楼兰墓群、鲸鱼湖、海头古城、雅丹龙城、瓦石峡遗址、小河五号墓地、雅丹奇观、古石刻佛经遗址等古迹。若羌红枣、若羌灰枣闻名全国。笔者在西部新区勘探指挥部工作期间，曾多次到过此地。

丁酉除夕[①]

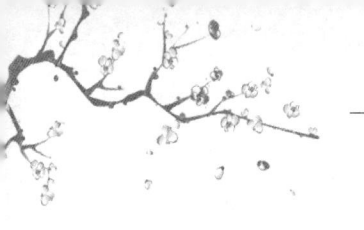

2017年1月27日

闻鸡啼破沧海雪，
爆竹声呐大河沙。
更阑剪烛守新岁，
把盏围炉话桑麻。

【注释】

① 2017年春节于东营度过。东营市地处黄河入海口，因胜利油田的发现于1982年建市，依沧海（渤海）、循大河（黄河）。经过35年的建设，这座年轻的城市已发展成为以石油开采、石油化工、石油机械装备制造、精细化工、特色农业、生态旅游为主导的环渤海经济区重要节点。

虞美人·春节游荟萃园

2017年1月28日

桥卧湖心亭临风,
枯荷俏寒冰。
击水荡舟①伴沙鸥,
乐居青莱年少不知愁。

三十七年弹指间,
初心还依然。
关情何必重别离,
却道铅华洗尽透真意。

【注释】

① "击水荡舟"和"乐居青莱"引自原华东石油学院院长、中科院院士、著名炼油工程专家杨光华教授题写的楹联"宜击水宜荡舟名园曰荟萃,聚九州英彦,乐居青莱,且康且健;或静思或问难大学称华东,育四海桃李,志在寰宇,乃武乃文"。详见《新春游荟萃湖有感》。

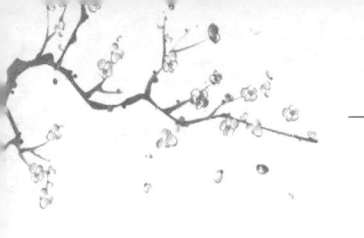

丁酉清明

2017年3月25日

年来忽又寒食至,
京城归来宿老宅。
鸟啼催人醒,
醒来如梦中。
梦中不知处,
相思在壤穹。

经年少读书,
晚来泪沾襟。
寒凉依旧在,
玉兰应时沁。
纤腰素束香色送,
不见当年赏花人。

丁酉谷雨

2017年4月20日

阡陌绿草添,
田野儿时欢。
风剪瘦春柳,
雨浇南归燕。

子规啼耕忙,
蜂蝶恋乡家。
夜来谷雨后,
晨起拣桐花。

周日偶得

2017年6月4日

庭院阳台外,
幽篁数丛栽。
十载如白隙,
清风窗外来。

端茶杯中影,
翻书香无声。
节高入云端,
玉立伴我生。

望江南·登岳阳楼[①]

2017年7月5日

荷田田,
洞庭巴陵间。
湖水漫漫连楚吴,
江天渺渺浮坤乾。
何处是君山[②]。

独凭栏,
孤客不知返。
不以物喜红尘里,
不以己悲一笑拈。
忧乐范公篇[③]。

【注释】
①2017年7月2～4日笔者前往巴陵石化参加集团公司上半年稳定形势分析会,5日清晨返京前,到仰慕已久的岳阳楼参观。

②古称洞庭山、湘山、有缘山,是洞庭湖中一个小岛,与岳阳楼遥遥相对,取意神仙"洞府之庭"。总面积0.96平方千米,由大小七十二座山峰组成,被"道书"列为天下第十一福地。

③范仲淹(989年—1052年),字希文,原名朱说,北宋名臣、政治家、文学家、军事家,谥号"文正",世称"范文正公"。《岳阳楼记》一文中"先天下之忧而忧,后天下之乐而乐"成为千古传颂之佳句。

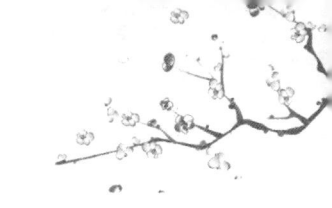

沁园春·忆新疆工作九年[1]

2017年9月17日

西行万里,
昆仑逶迤,
葱岭东西。
念天山南北,
炮声震宇,
大漠临风,
铁军英姿。
白垩侏罗[2],
蓬莱鹰山[3],
当年何曾不精细。
看今日,
听捷报频传[4],
喜极而泣。

多情如此西域,
年半百,
如青春正值[5]。

昔宣帝神爵[6],

都护府地。

鸠摩罗什[7],

丝路龟兹[8]。

托峰[9]万仞,

冰有三色[10],

却看塔化[11]换新衣。

吾何恨,

有烽燧共醉,

天地共栖。

【注释】

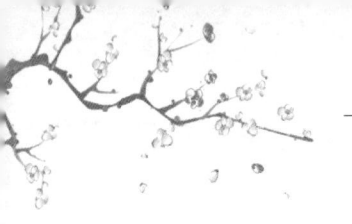

[1] 2001年12月至2007年3月笔者在中国石化西部新区勘探指挥部及2011年8月至2012年12月在新疆阿克苏任职,前后在新疆工作9年之久。

[2] 白垩侏罗:地质上划分不同时代形成的地层所用名称。白垩系、侏罗系为准噶尔盆地主力油气层。

[3] 蓬莱鹰山:地质上划分不同时代形成的地层所用名称。蓬莱坝组、鹰山组(T74、T76)为塔里木盆地奥陶系主力油气层。

[4] 近年来新疆塔里木盆地和准噶尔盆地连续取得油气突破,先后发现春光、春风、塔河、顺北等油气田,特别是2016年顺托果勒低隆北缘区块取得重大油气突破,资源规模达12亿吨。

[5] 2011年第二次进疆时面对全新的工作环境,依然努力学习、充满热情

投入工作。

⑥汉宣帝神爵二年（公元前60年），西汉在乌垒城（今轮台县境内）建立西域都护府。

⑦鸠摩罗什，东晋高僧，出生于西域龟兹国，并在此传教。先后在凉州（17年）、长安（12年）弘扬佛法，是世界著名思想家、佛学家、哲学家和翻译家，中国佛教八宗之祖，位列四大译经家之首，与玄奘、不空、真谛并称中国佛教四大译经家。

⑧古西域三十六国之一，是古印度、希腊—罗马、波斯、汉唐四大文明的交汇之处，宗教、文化、经济等极为发达，古丝绸之路重镇。

⑨托木尔峰位于阿克苏地区温宿县境内中国与吉尔吉斯斯坦国境线附近，是天山山脉的主峰，海拔7443.8米。"托木尔"，维吾尔语意为"铁"。

⑩清代地理学家徐松（1781年—1848年）在《西域水道记》中记载天山托木尔峰南坡冰川："冰有三色，一种浅绿，一种白如水晶，一种白如砗磲"（砗磲是一种热带海底的软体动物，其模样像海螺，壳外面通常呈白色或浅黄色）。

⑪塔化：中国石化塔河炼化有限责任公司，由中国石化与阿克苏地区对原中国石化股份公司塔河分公司通过股权股份改制后联合成立的公司，开创了驻疆央企与地方合作发展的新模式。见《忆秦娥回望阿克苏》。

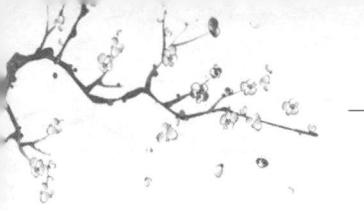

丁酉大暑

2017年7月22日

庭院枫桐叶遮天,
青草夏花香浸帘。
昼长午静谁为伴,
窗下闲坐拨琴弦。

如园梅语

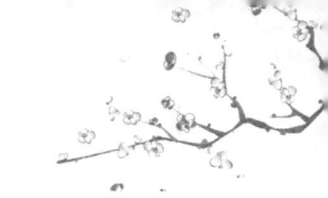

丁酉10月中国地球物理学会第10次全国会员代表大会[1]

2017年10月16日

山川无语共朝夕，
日月不争守繁荒。
地球科学海陆空，
格物致知任徜徉。

物换星移知几度，
七十华诞着华章[2]。
从今遁世应无闷，
却喜潜德发幽光[3]。

【注释】

[1] 中国地球物理学会 (Chinese Geophysical Society) 是中国科学技术协会的一级学会。1947年2月，从欧美留学归国的陈宗器、顾功叙、王之卓、翁文波四位科学家发起创建，1947年8月在上海宣告成立。选举陈宗器为理事长，以测地学、地震学、气象学、地磁及地电学、火山学、水文学、

地壳构造物理学、应用地球物理学等 9 个学科为主，创办《中国地球物理学报》(Journalofthe Chinese Geophysical Society)，设立地球物理名词审定委员会，并确定组织学术交流和出版作为学会的主要活动。1949 年 11 月 1 日中国科学院成立，陈宗器理事长建议组建地球物理研究所。1950 年 4 月 6 日中国科学院地球物理研究所成立，所址南京。1950 年 5 月 1 日中央人民政府政务院周恩来总理任命赵九章为中国科学院地球物理研究所所长，陈宗器、顾功叙为副所长。中国科学院地球物理研究所领导同时担任中国地球物理学会的领导。1953 年，中国地球物理学会进行了重建。重建后的中国地球物理学会挂靠在中国科学院地球物理研究所。1954 年 2 月中国地球物理学会由上海迁往北京。2017 年 10 月 13～14 日在北京召开中国地球物理学会第十次全国会员代表大会，以及中国地球物理协会成立 70 周年纪念大会。会议选举产生新一届理事会、常务理事会，会议选举陈晓非院士任第十届理事会理事长，万卫星院士任第十届理事会常务副理事长，陈海弟、苟量、谢玉洪、熊盛青、张东宁和赵殿栋任第十届理事会副理事长，并由陈晓非院士提名，聘任郭建同志任第十届理事会秘书长。第十次全国会员代表大会期间，召开了中国地球物理学会第十届理事会党员专题会议，推选产生了中共中国地球物理学会第十届理事会党委委员人选，选举副理事长赵殿栋同志为中共中国地球物理学会党委书记，秘书长郭建为党委副书记，常务理事李貅为纪检委员，薛国强等 4 位同志为党委委员。选举产生了监事会，监事长由中国地质大学（北京）孟小红教授担任。

※赵九章（1907—1968），籍贯浙江吴兴（今浙江湖州），出生于河南开封，大气科学家、地球物理学家、空间物理学家，中国动力气象学的创始人，中国人造卫星事业的倡导者和奠基人之一、中国现代地球物理科学的开拓者，东方红 1 号卫星总设计师，两弹一星元勋。1933 年赵九章毕业于清华大学物理系；1938 年获得德国柏林大学博士学位；1951 年加入九三学社；1955 年被选聘为中国科学院院士；1965 年主持人造卫星的科学、工程技术方面的工作；1966 年 1 月中国科学院成立卫星设计院，赵九章被任命为院长。1968 年 10 月 26 日，自杀身亡。1985 年追授国家科技进步奖特等奖。赵九章对大气科学、地球物理学和空间科学的发展作出了重要贡献，是倡导

和开拓中国地球科学数学物理化和新技术化的先驱。在气团分析、信风带热力学、大气长波斜压不稳定、大气准定常活动中心、有关带电粒子和外层空间磁场的物理机制等方面的研究成果是奠基性的。先后创立了不少地球科学研究机构，并开辟了许多新研究领域，如气球探空、臭氧观测、海浪观测、云雾物理观测、探空火箭和人造地球卫星等，并培养了一大批优秀的科学家，对中国地球科学的发展产生了深远的影响。

※陈宗器（1898—1960），浙江省新昌县人，毕业于东南大学物理系。著名的磁学家、地球物理学家。作为瑞典著名探险家、地理学家斯文·赫定带领的科学考察团唯一中国科学家，全程参加我国西北荒原（称亚洲腹地）探险参加了斯文·赫定为首的中瑞西北科学考察团，1929—1934年间深入大西北从事野外考察，沿线进行了地形测量，并精确测定了罗布泊的位置与形状，他开创了中国的地磁科学事业，建立并领导了若干重要台站。他与刘庆龄发表了《中国地磁测量结果之初步报告》等著作。1936年9月赴德国留学，入柏林大学自然科学院专攻地球物理学，并在波茨坦地球物理研究所进行地磁研究工作。回国后在中央研究院物理研究所工作。1950年后被任命为中国科学院地球物理研究所副所长并兼任南京大学教授。1952年1月兼任中国科学院办公厅副主任、管理局局长。1956年底回地球物理所组织筹建北京一批地磁台站，完善上海佘山天文台，初步建成全国地磁台网，并主持筹建电离层观测站和宇宙线台。使地磁研究室具有包括基本磁场、变化磁场、古地磁、电离层、宇宙线等诸多学科的研究室。1947年中国地球物理学会成立时起，陈宗器一直担任学会秘书长，并任国际地球物理年中国委员会学术秘书（主席是竺可桢），为地球物理国际合作开创了新的一页。为中国地球物理学会主要发起人之一。

※翁文波（1912—1994）我国著名地球物理学家、石油地质学家、知名预测论专家、中国科学院院士，是中国石油地球物理勘探、测井和石油地球化学技术的创始人。浙江鄞县人。1934年毕业于清华大学物理系。1939年获英国伦敦帝国大学哲学博士学位。1939年9月回国在重庆中央大学担任物理系教授。他结合教学，把地球物理方法用于石油勘探之中，创立了测井学科，在我国第一个开设了地球物理课程。任教之余，他到四川省巴

县石油沟油矿1号井进行电法测井的试验，成功地测出了电阻率曲线，开创了我国使用测井技术勘探石油天然气的先河。1940年3月，翁文波提出了物理探测玉门油矿的计划。次年1月，他和赵仁寿使用自制的罗盘磁变仪和电测仪，在石油河、乾油泉、石油沟等地进行地球物理测勘。在异常艰苦的条件下，他们开创了我国采用磁法、电法技术勘探找油的新领域。1946年从玉门油矿赴上海任中国石油有限公司探勘室主任，兼任第一期赴台湾地质调查队队长，展开抗日战争后台湾油气测勘工作的计划。1949年2月，他们将探勘室绘制完成的一幅二十万分之一的"台湾地区重力异常图"寄到台湾油矿探勘处。同年4月，海峡两岸隔绝，此张重力异常图便是台湾油矿勘探处日后于1955年元旦展开地震波测勘时最重要的依据。1950年，翁文波利用保存下来的仪器，组建了新中国第一支重磁力勘探队。1951年，他又组织了第一支电法队和第一支地震队。翁文波40年来建立了一套适用于我国石油地球物理勘探的理论和方法，指导了石油勘探工作。特别在50年代末和60年代初，参加指导了大庆油田地球物理勘探和有关地震预报等方面的工作。1966年研究天灾预报的理论和方法。1984年出版《预测论基础》一书，用于推测自然现象研究。1980当选为中国科学院院士（学部委员）。

※顾功叙（1908—1992），浙江嘉善人，地球物理学家，中国地球物理学会和中国地震学会理事长。1955年被聘为中国科学院院士。1929年毕业于上海大同大学。1933年清华大学全国招收公费留学生，顾功叙通过考试被录取，指定去美国学习地球物理勘探。从1933年底到1934年7月，顾功叙在清华大学学习了与地球物理有关的基础课程，导师是翁文灏、袁复礼和叶企孙三位教授。1934年8月，顾功叙从上海前去美国科罗拉多州矿业学院，就读地球物理勘探研究生。1936年，取得硕士学位。他是中国第一位系统地掌握地球物理勘探学理论、方法和技术的学者。毕业后去加利福尼亚加州理工学院，在著名的地球物理和地震学家古登堡教授指导下做研究工作。1938年，顾功叙中断在美国的研究工作回国，到抗战后方的云南省昆明，任当时已搬迁到昆明的北平研究院物理研究所研究员并在云南、贵州两省的10余个地区，开展了中国较早的地球物理勘探工作。1947年2

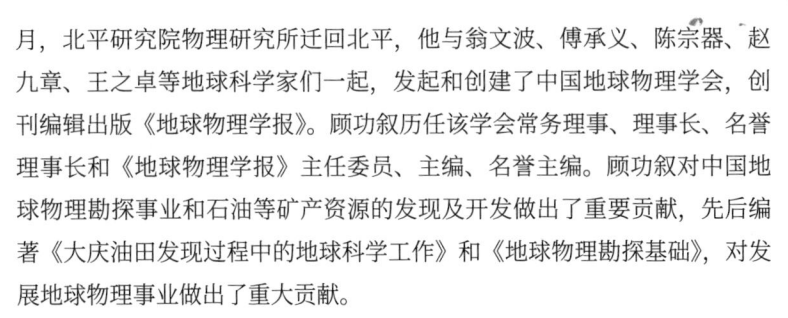

月，北平研究院物理研究所迁回北平，他与翁文波、傅承义、陈宗器、赵九章、王之卓等地球科学家们一起，发起和创建了中国地球物理学会，创刊编辑出版《地球物理学报》。顾功叙历任该学会常务理事、理事长、名誉理事长和《地球物理学报》主任委员、主编、名誉主编。顾功叙对中国地球物理勘探事业和石油等矿产资源的发现及开发做出了重要贡献，先后编著《大庆油田发现过程中的地球科学工作》和《地球物理勘探基础》，对发展地球物理事业做出了重大贡献。

※陈晓非，辽宁本溪人，地球物理学家，中国科学院院士。北京大学地球与空间学院教授，中国科学技术大学地球物理学教授，南方科技大学讲席教授。先后毕业于中国科学技术大学、美国南加利福尼亚大学、日本广岛大学、美国斯坦福大学。2015年1月，当选国际大地测量与地球物理学联合会（IUGG）首批会士。2015年12月，当选中国科学院院士。长期从事地震波传播和震源破裂动力学理论与数值模拟研究。

※万卫星（1958—2020），湖北天门人，空间物理学家，中国科学院院士，中国科学院地质与地球物理研究所研究员、博士生导师，地磁与空间物理研究室主任。十三届全国人大代表、全国人大常委会委员。1982年从武汉大学空间物理系毕业；先后获得中国科学院武汉物理研究所硕士、博士学位；毕业后留所工作，历任中国科学院武汉物理研究所助理研究员、副研究员、研究员、研究室主任；1995年获得国家杰出青年科学基金资助；2004年带领电离层物理研究室的主要骨干由武汉迁往北京，在中国科学院地质与地球物理研究所成立地磁与空间物理研究室，并担任研究室主任；2011年当选中国科学院院士。主要从事电离层物理、电离层电波传播、高层大气物理等领域的研究。

②中国地球物理学会成立70周年。

③既遁世而无闷，发潜德之幽光：语出《周易》，乾卦爻辞"潜龙、勿用"，意为静心，遁世，修身养性，保持快活乐观的心态，终究会放射出耀眼的光芒。

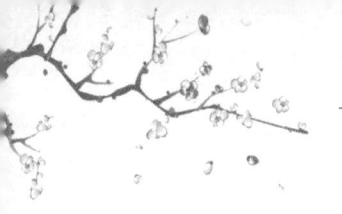

2018年元旦寄怀

2018年1月1日

关山万里征程路
一念一瞬一年
抬头见
已是半百有五
宛若昨天

多少事
多少人
多少牵牵绊绊
天地云水间

四十载风雨兼程
一颗心埋头向前
初心可依然

东奔西顾
山高水远

如园梅语

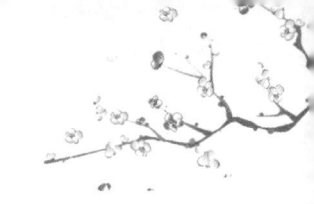

谁与执手相看泪眼

世有多复杂
人便多寂寞
人有多少种
书即多少页
静下来
慢翻卷
思绪有几般

世味清淡静心养
人间炎凉皆坦然
华发终要生
人生皆是缘
生活深厚
水深流缓

启半坛尘封老酒
微醺中
谁说往事如烟

澄怀观道
无极瞻然
莫管愁深欢浅
抚一曲平沙落雁
留得淡远去冬寒

戊戌年春节后游西山大觉寺[①]

2018年3月1日

千年古刹游人稀,
清水不见冀云霁[②]。
无去来处[③]莫复问,
动静等观[④]无尽时。

百年玉兰待日晞[⑤],
千载银杏沧桑历[⑥]。
桃木且放东壁府[⑦],
黄芩犹有西施壶[⑧]。

【注释】

①大觉寺：位于北京海淀区阳台山麓，始建于辽代（1068年），因院内有清泉分两路流经整个寺院，故初称清水院。明宣德三年（1428年）重建

后改称大觉寺。

②由于冬日,泉水不再。

③无去来处:寺内大雄宝殿匾额,原为乾隆题字,佛语意为"无所谓从哪里来,也无所谓到哪里去,佛祖无处不在,曾经的经历和风雨早已逝去,岁月长河中,归于平淡,多些豁达与宽容,一切皆随缘耳"。民国初年,某军阀见到此匾,认为有来无回,无处容身之意,乃不吉利之语,故毁之。现在的"无去来处"是后人在乾隆笔书中取兑而来。

④动静等观:寺内无量佛殿乾隆御笔匾额。意为事物的动与静是相对的。动即是静,静亦是动,动中有静,静中有动,故观察事物,等量客观应是遵循之规律。(反读匾额可理解为:做事之前应予以观望、思考、等待时机,然后行动,三思而后行之意)。

⑤寺内四宜堂院内有一株树龄近300余年的相传为清代迦陵禅师种植的玉兰树。据说为京城玉兰树龄之冠,为大觉寺景观之首——古寺兰光。

⑥寺内无量寿佛殿有雌雄两株数龄逾千年的银杏树,树干之粗有六七成年人手手相接方能围拢。乾隆皇帝曾赋诗曰:"古柯不计数人围,叶茂枝孙绿荫肥。世外沧桑阅如幻,开山大定记依稀。"

⑦东壁府:古称藏书之所,见《乙亥年京华第一场雪》。

⑧寺外有村民售卖据说可以避灾驱邪,能给人吉祥的山中胡桃木以及采集叫作"黄芩"的能够养胃健脾的树叶晾晒而成的野山茶等。

早春

2018年3月5日

京西春色犹来迟,
百日未见雨雪至①。
安水桥边杨柳岸,
却看细波逗冰渠②。

【注释】

①去冬11月至今,京城百余天无雨雪记录,是1959年以来无降雪天数最长的天气。

②早春三月,乍暖还寒,京密引水渠(古称长乐河,清改称安河)部分河段已冰融水开,冷冽的春风吹拂水面,呈碧波荡漾之貌。

京城冬春第一场雪

2018年3月17日

瑞雪室外翩飞花,
春泥院内润草芽。
喜闻云海乾坤定①,
旧邦古国又焕发。

【注释】

① 3月17日,京城迎来去冬今春的首场雪。清晨至午后窗外雪花纷飞,微信圈中人纷纷发图作诗感叹之。

戊戌春同济大学记[①]

2018年3月19日

疏风斜雨华灯上，
早樱吟春送清香。
文远楼[②]里灯辉煌。
国立柱[③]前逐梦忙。

别梦依稀廿年前，
三好坞[④]前雨蕉窗。
闲爱孤云清有味，
独怜学府园中霜。

【注释】

① 2018年3月19～20日参加中国地球物理学会在同济大学举办的2017—2019年青年人才托举工程启动会。傍晚时分，华灯初上，春雨霏霏，

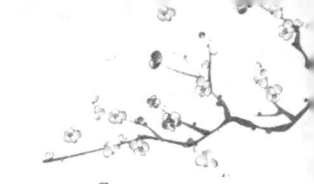

徜徉在同济校园，樱花大道上恰同学少年，身影匆匆，想起20年前笔者来同济参加博士研究生入学考试的秋天。

②文远楼：建于1953年，为三层框架结构，由黄毓麟、哈雄文设计。同济大学标志性建筑之一，是我国现代主义建筑风格和古典主义建筑风格的完美体现。入选《世界建筑史》经典建筑。

③国立柱：同济大学华表，位于校门内南北教学楼草坪之上，左为"继往"右为"开来"，造型古朴，材美工巧，源自苏州明末清初之石木牌楼。顶部为花岗岩材质端庄方正的石盘，石盘四周铭青铜隶书"国立同济大学"。

④三好坞：位于留学生楼前，建于1956年，有湖心亭、撷秀亭、正气亭、九曲桥，组成一个静谧优雅之处，是学习、聚友、休闲、静思的好去处。亭旁有下午茶，颇受学生欢迎。1998—2003年笔者读研究生期间，一直在留学生楼入住。

无题

2018年3月22日

载册学史①有济阳②，
付梓文集③留汗青。
应幸笔墨作舟渡，
沧浪足以慰平生。

【注释】

①中国第一部按照科学发展史体例编写的中国地球物理学科发展史、内容涵盖了地球物理学的各个主要分支学科，在时间上跨越了古代、近代和现代三个历史阶段的《中国地球物理学学科史》由中国科学技术出版社2017年8月正式出版。

②济阳：渤海湾盆地济阳坳陷，是我国富含油气的重要区域，中国第二大油田——胜利油田的主要产油区。因该区域在90年代中期在国内率先进行高精度地震勘探的采集、处理、解释及综合研究工作，为中国东部老

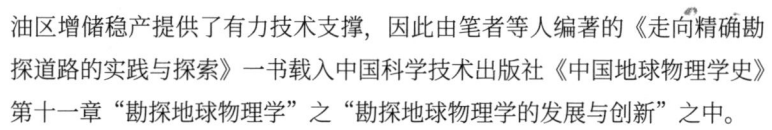

油区增储稳产提供了有力技术支撑,因此由笔者等人编著的《走向精确勘探道路的实践与探索》一书载入中国科学技术出版社《中国地球物理学史》第十一章"勘探地球物理学"之"勘探地球物理学的发展与创新"之中。

③文集:《油气地球物理应用文集》,地质出版社出版(2009年),由笔者自90年代至2010年在中国东部、西部从事地球物理工作所做的技术、方法及理论研究和成果应用的研究论文集,马在田院士作序。

戊戌清明回淑清园[①]

2018年4月8日

寒春梦醒鸠啼窗,
斜阳又来倚东墙。
兰谢樽前雪满地,
竹穿石径翠成行。

藤花门里浮暗香,
中庭几前割愁肠。
但愿世间人无病,
牡丹国里共春光。

【注释】

① 2018年4月5日清明节,由北京回老家为父母扫墓,在4月8日返京的途中于G190高铁上而作,2018年5月6日修改。

戊戌春日游颐和园

2018年4月13日

玉澜①求治孜兢兢②,
仁寿涕泪念悠悠③。
菜市新鬼康梁遁④,
明定国是⑤诏成空。

万寿山⑥前佛香阁⑦,
玉带桥⑧西知春亭⑨。
屈指戊戌今又是,
万里江山博鳌风⑩。

【注释】

①玉澜：指玉澜堂，建于清乾隆十五年（1750年），是光绪皇帝在颐和园的寝宫，并曾在此召见直隶按察使袁世凯，戊戌变法失败后，慈禧曾幽

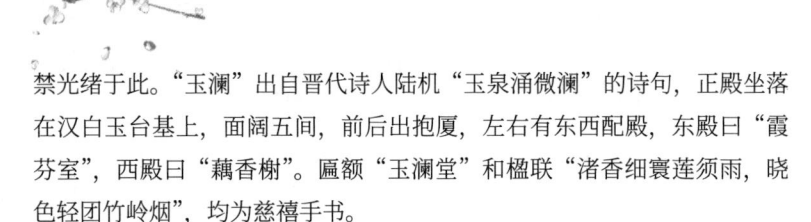

禁光绪于此。"玉澜"出自晋代诗人陆机"玉泉涌微澜"的诗句，正殿坐落在汉白玉台基上，面阔五间，前后出抱厦，左右有东西配殿，东殿曰"霞芬室"，西殿曰"藕香榭"。匾额"玉澜堂"和楹联"渚香细裹莲须雨，晓色轻团竹岭烟"，均为慈禧手书。

②戊戌变法期间，光绪帝在103天内，颁发184道诏书，涉及国政、吏治、民生、学校科举、军事财政等，强调博采西学，推行新政，频频召见维新人士。

③仁寿：仁寿殿取《论语》中"仁者寿"之意，是慈禧和光绪住园期间临时朝政、接见外国使节的地方。慈禧与光绪在变法之初关系尚好，后来矛盾激化。憎恨光绪不争气，曾在仁寿殿内边哭边骂："前不见古人，后不见来者，念天地之悠悠，独怆然而涕下"，其哭声震惊朝野，在场官员无不动容。

④变法失败后，1898年9月28日维新人士谭嗣同、杨锐等六人在北京菜市口遇害。康有为、梁启超分别逃亡法国、日本避难。

⑤1898年6月11日，光绪帝颁布"明定国是"诏书，是变法正式开始之标志。

⑥万寿山：燕山余脉，高58.59米，海拔108.94米，前临昆明湖。乾隆十五年（1750）为庆祝皇太后六十寿辰于园静寺旧址建大报恩延寿寺，并将山改名为万寿山。

⑦佛香阁：清朝乾隆时期（1736—1795）在此筑九层延寿塔，后被毁。光绪时（1875—1908）仿杭州六和塔建造，八面三层四重檐。高约37米，内有八根铁梨木大柱，下有20米高的石台基。阁上层榜曰"式延风教"，中层榜曰"气象昭回"，下层榜曰"云外天香"，阁名"佛香阁"。内供接引佛，每月望朔，慈禧在此烧香礼佛。

⑧玉带桥：位于颐和园西堤之上。桥身、桥栏选用青石和汉白玉雕砌，桥高出水面十米有余，拱高而薄，形成流畅挺拔的曲线，桥身青白如玉，宛若一条玉带，幽雅秀美，故而得名。

⑨知春亭：位于颐和园昆明湖东岸，建筑面积104.84平方米，为重檐四角攒尖顶，凭栏可纵眺全园景色。亭畔遍植垂柳，春来景色殊胜。"知春"二字源于宋诗句"春江水暖鸭先知"，每年春天昆明湖解冻由此处开始，故取名知春亭。

⑩博鳌风：2018年4月13日习近平参加博鳌亚洲论坛和海南建省30周年大会，提出中国深化改革开放的诸多举措以及把海南建成自由贸易港设想蓝图。

如梦令·北海[1]

2018年4月30日

千年琼华积翠,
五代烟雨堆云[2]。
琼岛春阴[3]处,
谁言踏尽红尘。
和光,共尘,
襟韵豁开齐吞。

【注释】

[1]北海公园为辽、金、元、明、清五代帝苑,辽在此建"瑶屿行宫",后(1150年)金完颜亮天德二年扩建,并增建"瑶光殿"后历经元、明、清至今,有千年历史。戊戌年五一期间,与家人游览北海公园及景山公园。乘地铁至西四站,原打算再乘公交前往,但上车后交通拥挤,行驶缓慢,故下车步行前往。游人如织,景致故而不同,游毕,在故宫后街的庆丰包子铺用餐后返回。

[2]积翠、堆云:建于元初十三世纪连接团城与琼岛的由汉白玉砌成的永安桥两端所立之牌坊,北为"堆云",南为"积翠"。

[3]琼岛春阴:在北海白塔山东、倚晴楼南,"燕京八景"之一。

如园梅语

如梦令·景山①

2018年4月30日

倚望楼②上云蒸,
五峰亭③下海生。
古槐④接烟处,
风雨苍黄几重。
崇祯,思宗,
留得钟鼓几声⑤。

【注释】

①景山公园地处北京城的中轴线上,占地32.3公顷,原为元、明、清三代的皇家御苑。园内高耸峻拔,树木蓊郁,风光壮丽,为北京城内登高远眺,观览全城景致的最佳之处。元代,此处名"青山"。明代兴建紫禁城时,在此堆放煤炭,故有"煤山"之称。

②倚望楼:建于清乾隆十五年(1750年),是祭拜先师孔子之地。依山而立,楼檐重叠,雄踞景山之阳。

③五峰亭:景山内自东向西依次有观妙亭、周赏亭、万春亭、富览亭、辑芳亭。

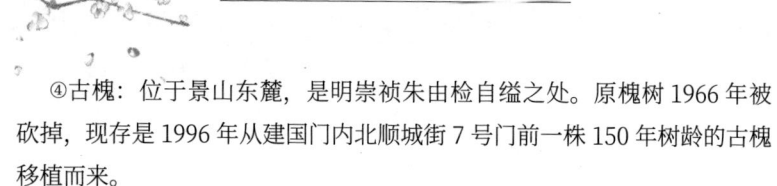

④古槐：位于景山东麓，是明崇祯朱由检自缢之处。原槐树1966年被砍掉，现存是1996年从建国门内北顺城街7号门前一株150年树龄的古槐移植而来。

⑤明崇祯十六年三月十七日（1643年），李自成起义军攻入京城。崇祯刺死两名公主，并命皇后、后妃自缢以及五位儿子外藏逃命，在前殿鸣钟召集百官，无一人而来。

正乙祠观丁承运琴瑟音乐会

2018年5月12日

泛川琴韵瑟和鸣,
正乙祠中闻古风。
潇湘水云霓裳女①,
渔歌唱晚泛舟行。

瑟弄知音唱庹廖②,
舜禅伯禹歌云卿③。
尧琴神降景交融④,
辞咒咏唱释淡声⑤。

【注释】

①霓裳女:丁承运之女,名霓裳,上海音乐学院古琴专业研究生。在今晚琴瑟音乐会上演奏了曲目《潇湘水云》《渔歌》《醉渔唱晚》,其琴声淡远飘逸。

②扊扅（yǎnyí）：《扊扅歌》，古琴曲名，"扊扅"本意为门闩。相传百里奚在楚时不得志，而为人牧牛。秦穆公闻其贤，以五羊皮赎之，擢升为相。其故妻为佣于相府，时堂上作乐，妇言可弄瑟知音。因援瑟而歌曰："百里奚，五羊皮。忆别时，烹伏雌（宰了唯一的一只母鸡），炊扊扅（没有木柴，用门闩烧火），今日富贵忘我矣。"（见《乐府解题》引汉应劭《风俗通》）

③歌云卿：《卿云歌》，古琴曲名。据载：舜将禅位于伯禹，一日天空中现卿云（古代意为吉祥云气），乃抚琴而歌，百臣稽首进和。此歌乃示禅代之意。

④意来自古琴曲《神人畅》。据载：尧弹琴，神降其室。神人交融，天人合一。

⑤释淡：《释淡章》，古琴曲名，也称《普庵咒》。据说是在学习梵文时辞咒咏唱之音调，节奏淡雅，音韵畅达。尤其是鼓琴瑟和鸣，更值佳音，且身心俱静矣。

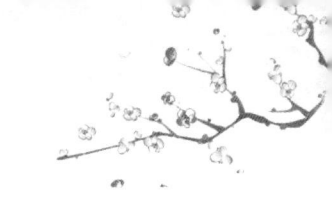

初夏登京西百望山[①]

2018年6月2日

百望山下安水[②]流,
南通昆明[③]北连幽[④]。
香山万木色如黛,
圆明三园[⑤]断垣丘。

教子台下望六郎,
回头石上欲还休。
太行八陉生横谷[⑥],
揽枫亭上有春秋。

【注释】

①百望山:又名望儿山,相传北宋杨六郎与辽兵在山下激战,佘老太君登山观阵助威因而得名。山上友谊亭、揽枫亭等处可欣赏到大面积的红叶

林，主峰海拔 210 米，突兀挺拔，顶峰登亭西眺太行群峰叠嶂，层林尽染，看漫山红叶苍松翠柏相映，红叶格外美丽。

②古称长乐河，清初易名安河，即今京密引水渠。

③颐和园中昆明湖。

④幽州。

⑤即圆明园、长春园、倚春园．

⑥太行八陉（tài háng bā xíng）太行八陉，陉，音 xíng，即山脉中断的地方。太行山中多东西向横谷（陉），著名的有军都陉、蒲阴陉、飞狐陉、井陉、滏口陉、白陉、太行陉、轵关陉等，古称太行八陉，即古代晋冀豫三省穿越太行山相互往来的八条咽喉通道，是三省边界的重要军事关隘所在之地。

侨中[①]，那青涩的记忆

2018年6月6日

2018年6月5日，应贾克勤同学邀请，孙洪春、付其俭（付子奇）夫妇和笔者回潍坊参观、学习克勤的公司管理和先进设备厂房。晚上与卢世明、姜明一、穆雪霞、姜亦卓（姜康生）、于志臣、姜登峰、王守学、李希敏、郑福森等同学小聚。从学校相识至今已是四十年过去了，"子在川上曰，逝者如斯夫"，同学们从豆蔻年华的青涩少年，而今已是华发知天命之年，时光流逝，令人唏嘘不已。然同学们欢声笑语，豁达朗逸，赋予了生命色彩斑斓的美好意蕴，那热爱生活的笑脸久久深深地留在我的记忆里（其间出差在外的卢洪凯同学还特意打电话问候）。回京的火车上，望着窗外无尽的金色麦浪，感慨万千，有感而发，共勉之。

> 在一个千年古镇上
> 有一所华侨中学
> 坐落在胶莱河东岸
> 宁静美丽的渤海湾畔
> 如今
> 她走过了六十五个轮年

如园梅语

那是
当新中国的曙光
普照古老大地
旅居南洋华侨
赤子的奉献

周恩来总理
百忙之中
给他们亲切接见
难忘的关怀
在中南海勤政殿

热爱祖国
四个端庄炽热的大字
雪白的大理石丰碑上
有他们的名字刻镌

敞亮的教室
宽大的明窗
工字形美丽的图书馆

馆东侧的核桃树上
那半截的钢轨
有清脆的钟声
那是你我快点下课的企盼

西北角的花圃
有结满的苹果葡萄园
还记得
收获的秋天
每个同学分享两个苹果
还有葡萄一串

一台自备的发电机
亮了昏暗的教室
伏在带有上翻盖的小方桌上
写题读卷

发电机累了的时候
自带的煤油灯
亮在桌前
还有鼻孔里留下来
那黑色的烟

熄灯了
结实宽大
灰色的木板床上
拥挤着思绪万千
老师锲而不舍地查房
让你我早早地入眠

如园梅语

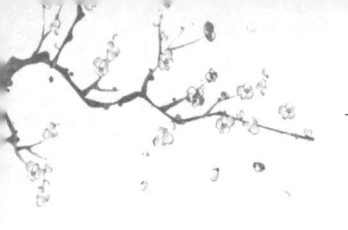

一本好书
手不释卷
哪还等到明天
蒙上被子
打开手电
还是被老师发现

玻璃瓶装着的咸菜
要吃上五天
那是娘特意多放了一滴油盐
双手捧着的窝头
那是从家里背来的玉米面

带着余梦
早操的晨练
一二三，四
喊声震天

操练后宿舍前
一字儿的洗脸盆
早已水满
就着薄薄的冰碴
刷牙洗脸

自习课上
各科老师轮流转

如园梅语

若你在看他的功课
笑意写满了他的脸
还有
心里的甜

若一科老师占用了
自习的时间
老师间还会翻脸
闹意见

静下来
慢翻卷
思绪宛若昨天
生活深厚
谁说往事如烟

水深流缓
无极澹然
四十年
已是半百有五
时光荏苒

华发终要生
人生皆是缘
莫管愁深欢浅
天地云水间

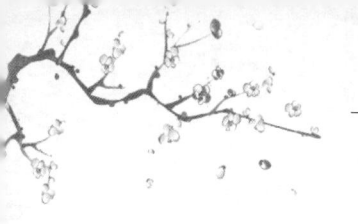

启半坛老酒

微醺中

仿佛

又是青涩少年

2018年6月6日写于烟台至北京的G472次火车上
2018年6月8日修改于北京听雪斋

【注释】

①侨中：即山东省华侨中学，见《临江仙·复侨中友人》。拙作发给侯鸿斌先生后复诗如下：忆海沉钩腾作浪，细腻翩翩欲断肠。时光若能从复来，唯愿青涩不过往。

渔家傲·夏访①黄公望隐居地②

2018年6月11日

庙山坞③畔竹万杆,
筲箕泉④外小洞天⑤,
茅屋南楼⑥书长卷。
结庐处⑦,
不知身世在尘寰。

冠四家苍茫简远,
六百载依旧水山。
两岸合璧有新篇。
夏至天,
林深峦秀寄彩笺。

【注释】

①第八届环境与工程地球物理国际会议于2018年6月10日至6月14日在浙江大学召开。本次会议由浙江大学、中国地球物理学会、中国工程

院能源与矿业工程学部、中国地球物理学会浅地表地球物理专业委员会、中国国家自然科学基金委员会地球科学部、中国地质大学（武汉）、成都理工大学、中南大学、长安大学、中国科学院地质与地球物理研究所、中国矿业大学（北京）、煤炭资源与安全开采国家重点实验室、浙江省地球物理学会、浙江省信号处理学会共同主办，由浙江大学承办。会议以"人居与浅地表地球物理"为主题，重点交流了浅地表地球物理在工程、环境、资源等领域的研究成果，展示了地震、探地雷达及电磁法等地球物理方法技术的最新进展。大会共邀请来自中国、美国、欧洲等在环境与工程地球物理领域中的16位杰出学者作大会报告和专题特邀报告，有来自全国和境外的290余名代表参会。有108篇口头报告和13篇张贴报告参与交流，10个单位和厂家在会议期间展出了最新的技术成果和各种新型地球物理仪器设备与软件。笔者代表中国地球物理学会参加了会议并作致辞发言。会后到黄公望隐居地参观。

②黄公望（1269—1354或1358），元代画家，浙东平阳人。陶宗仪《辍耕录》称其"本姓陆"，出继温州平阳黄氏为义子，因改姓名，字子久，号一峰、大痴道人等。黄公望隐居地距离富阳市区约5千米，由黄公望风情小镇、黄公望纪念馆、黄公望结庐处和亚热带植物园等组成，深厚的人文历史和自然生态交相辉映。利用森林公园天然资源优势，挖掘黄公望与《富春山居图》深刻文化内涵，形成集现代科技、生态农业、休闲旅游服务、文化创意为一体的生态文化园。

③庙山坞：为黄公望到此地隐居时候的码头。早在元代以前富春江的水位很高，庙山坞入口处一带以前都是被江水所淹没，黄公望到此隐居就是在观音像处下船，然后步行到达他的结庐处。在此处还能依稀找到当时码头的一些遗迹。

④筲箕泉：据考证，黄公望晚年隐居西湖筲箕泉，隐居地之一的富阳有一处筲箕泉，被认为也是当年他隐居的地方。

⑤小洞天：出自黄公望在80余岁时，曾画过的一幅画，并在这幅画的题记中这样描述："此富春山之别径也，予向构一堂于其间，每当春秋时焚香煮茗，游焉息焉。当晨岚夕照，月户雨窗，或登眺，或凭栏，不知身世在

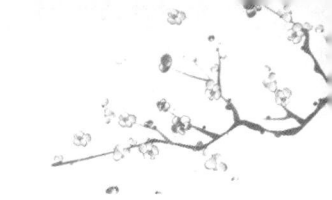

尘寰矣。"匾额上书'小洞天'"。

⑥南楼：是黄公望的画室兼书房，临溪、临岩而建，是他和朋友们泼墨挥毫、诗画互酬的地方。也是他呕心沥血，经六七年之久，创作《富春山居图》的地方。

⑦结庐处：为一牌坊。正面为著名漫画家黄苗子先生的题额："元高士黄公望结庐处"。上联为"浑厚华滋，图成长卷垂千载"；下联为："精严逸迈，论定高名冠四家"。上联是对画的评价，是说《富春山居图》这幅水墨画长卷，达到浑厚华滋的艺术效果，成为传世之杰作而流芳百世；下联是对人的评价，是说黄公望具有独创性的艺术风格和超尘脱俗的人生境界，因此而被后世推为"元四家"之首。

访西泠印社①

2018年6月12日

山以孤名②道不孤,
西子湖畔一抹红。
山川雨露③澄怀印,
题襟④遗韵湖山映。

鸿雪径下印疏影⑤,
四照阁⑥裡携香茗。
城郭是非山有无,
六合⑦播芳金石风。

【注释】

①西泠印社：创建于清光绪三十年（1904年），由浙派篆刻家丁辅之、王福庵、吴隐、叶为铭等召集同人发起创建，吴昌硕为第一任社长。以"保

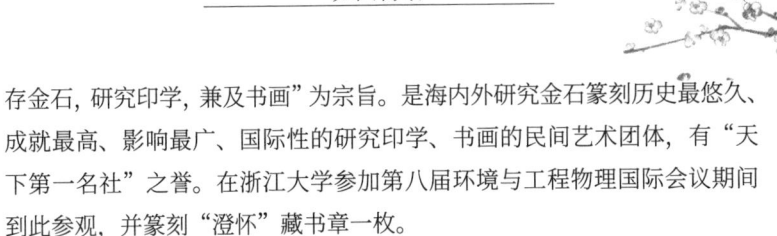

存金石，研究印学，兼及书画"为宗旨。是海内外研究金石篆刻历史最悠久、成就最高、影响最广、国际性的研究印学、书画的民间艺术团体，有"天下第一名社"之誉。在浙江大学参加第八届环境与工程物理国际会议期间到此参观，并篆刻"澄怀"藏书章一枚。

②孤山：杭州西湖风景区旁，是西湖的著名景点，行走在山间小径颇有山林的感觉，是西湖中最大的岛屿，面积20公顷，山高38米，是文物胜迹荟萃之地。主要有放鹤亭、西泠印社等胜景30余处。孤山碧波环绕，山间花木繁茂，亭台楼阁错落别致，是一座融自然美和艺术美为一体的立体园林，景色早在唐宋已闻名遐迩，唐诗人白居易有"孤山寺北贾亭西，水面初平云脚低"，明代凌云翰有"冻木晨闻尾毕浦，孤山景好胜披图"的佳句。

③山川雨露：西泠印社图书室，位于杭州西泠印社内，建于1912年，是印社初创时期建筑之一。"山川雨露图书室"匾额系清代文人翁方纲手书。会稽陶在宽手书楹联一副："湖胜潇湘，楼若烟雨，把酒高吟集游客；峰有南北，月无故今，登山远览属骚人。"

④题襟馆：又名隐闲楼，为当年海上题襟馆书画会会友相聚畅谈之所。

⑤鸿雪径：位于孤山西泠印社内，筑于1913年，石阶上覆棚，种紫藤，出自苏东坡诗："人生到处知何似，应似飞鸿踏雪泥；泥上偶然留指爪，鸿飞那复计东西？"

⑥四照阁：位于孤山西泠印社社址内，原为宋代古迹，始建于宋初，为都官关氏之别业。

⑦西泠印社第七任社长饶宗颐先生为西泠印社题写"播芳六合"。"六合"是为天地，比喻西泠印社的声誉，如花朵芬芳，播撒天地六合之间。

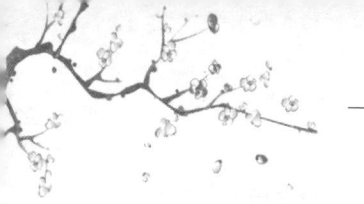

夏日偶得

2018年7月1日

室静七弦古,
窗明叶木疏。
堂前攒修竹,
月下读闲书。

泉州行

2018年9月18日

（一）

华侨大学

南木荫四园①，
雨露②乘八表③。
四海念将归，
一湖秋中里④。

（二）

开元寺

泉南佛国寺，
千三百年历。
桑莲法正⑤说，

无字碑里记。

（三）

艾苏哈卜大寺[6]

繁华落尽时，
悠悠古刺桐[7]。
何处觅盛踪，
古寺秋风中。

（四）

洛江万安桥[8]

横贯生彩虹，
卧波弄江韵。
莫道天地老，
潮音泣鬼神。

（五）

泉州古港口

市井五洲人，
潮声万国商。
书院桐花里，
樯帆影重洋。

（六）

东西塔⑨

素喜朴素简，
浑然似天成。
纵使鲤鱼穴，
何不弄涛声。

【注释】

①四园：华侨大学校内有莲园，梅园，紫荆园，刺桐园。2018年9月笔者夫妇乘高铁到泉州休假，住华侨大学招待所，食在大学生食堂，仿佛回到了学生时代。

②承露泉：校园标志景观，为三层花岗岩水景雕塑。造型古朴典雅，意承雨露而润泽四方。

③八表：极远之地。

④秋中湖：是华侨陈秋中夫人王如琪女士为纪念先生而出资修建的秋中湖，与北京大学未名湖、厦门大学芙蓉湖等并称"中国高校十大美丽湖泊"。

⑤桑莲法正：开元寺之大殿匾额。建寺之初有一传说，乃桑树上开了莲花。因是武则天时期垂拱二年，意为桑园里生出了莲花，女人做皇帝当然也是法定正当的。

⑥即泉州清净寺，建于北宋大中祥符二年（1009年），由波斯商人所建，历时千余年，是我国现存最早、典型古阿拉伯伊斯兰风格、石结构清真古寺，中国十大名寺之一。

⑦刺桐：古泉州名。

⑧万安桥：位于泉州市洛江上，建于宋代皇祐五年（1053年），全长3610米，为石质跨海大桥，北宋泉州太守蔡襄领建。

⑨镇国塔，仁寿塔：位于泉州市开元寺内，俗称东西塔，建于686年。传说泉州地形貌似鲤鱼，但被网住，需把网破，鲤鱼才能游到江海中，泉州才能富庶繁华，故建塔刺破网而游于江海也。

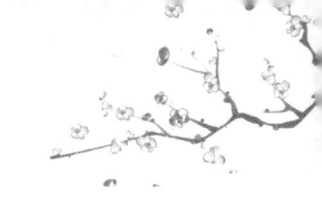

水调歌头·重阳日登香山

2018年10月23日

霜降碧天远,
秋高还西风。
尽染三山五园①,
古道叶落轻。
重阳登高回望,
千年京华无穷。
一醉与君同。
放眼收白云,
开怀揽奇峰。

香炉峰②,
情未了,
听法松③。
平生拙讷有余,
一时为谁雄?
何似栖约④退士,
听雪胶菜童趣,

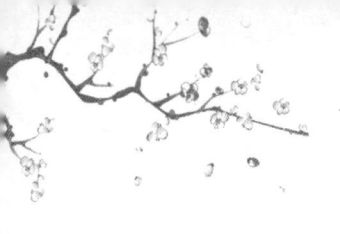

征雁送和声。
当君怀归日,
欣欣万物生。

【注释】

①三山:指香山、玉泉山、万寿山。五园:指香山的静宜园、玉泉山的静明园、万寿山的颐和园(清漪园)以及畅春园和圆明园。

②香炉峰,香山主峰,海拔575米。顶峰有两块巨大的乳峰石,形如香炉,故名,峰顶能饱览香山全景。

③听法松:位于香山寺旧址山门内,相传1400多年前的南朝时期,有位和尚在此讲经说法,由于讲得义理明澈,竟使愚钝无知的石头蒙受感化。于是乾隆皇帝根据这段神话故事,把这株奇古的松树命名为"听法松"。

④栖约:指栖约堂:笔者之书房名。来自南朝·梁·任昉《为萧扬州荐士表》:"理尚栖约,思致恬敏。"

戊戌初冬日张研京西南坞公园赏秋[①]

2018年11月8日

误把荻化作芦花,
只因芦花儿时家。
早春葳蕤吹芦笛,
晚秋摇曳胜雪花[②]。

【注释】

①初冬的南坞公园秋高气爽,荻花迎风怒放,张研同学携家人游秋并在微信中发出"枫叶荻花秋瑟瑟"之感慨,并附有荻花在秋风中摇曳的照片,同时征求这一句诗的上一句。由于笔者回复曰"芦花很美"以及"浔阳江头夜送客"句,群内便有了对照片中"芦花"和"荻花"之争辩,也有了上面的唱和之作。张研原作:同是白头迎秋风,芦花荻花似不同。西山秋色看不尽,哪管浔阳琵琶声。另一首为:管它芦花与荻花,皆经风雨度春夏。四年同窗半世情,我辈携手看晚霞。张研,见《北京2004国际地球物理会议同学聚会》。

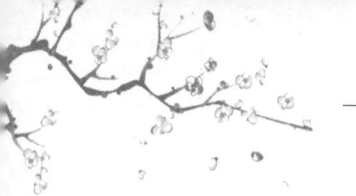

戊戌初冬日朱向东游官厅水库所见问答[①]

2018年11月8日

半江瑟瑟半江红，
海棠犹立寒风中。
不知梨花何处去，
钧天[②]问道在初冬。

【注释】

①朱向东，江苏苏州人，中国石油天然气勘探开发公司(CNODC)高管，曾任职于南美、北非、中东及中亚等国家和地区。朱向东同学立冬时节由新加坡回国休假，到官厅水库冬游。官厅水库，江水瑟瑟，满树的海棠，香梨满地。眼见此景，向东同学发了照片于微信之上，并发"为什么树上海棠没人摘，落地的香梨没人捡"这样的感叹。我因之即席看图说话，发信复之如上。

②钧天：朱向东微信名。2019年4月朱向东同学发微信告知已从新加坡去职赴哈国履新，就职前回周庄看望外婆并附有照片若干，我以诗回复之："周庄本是一首诗，千载桨声十里堤。绰约宋韵今犹在，外婆家住双桥西。"

如园梅语

渔家傲·暮秋初冬日

2018年12月5日

十里长街学府道①,
红楼卧波法桐抱②。
闭门深山书为巢。
斜阳照,
不知窗外秋光老。

午枕醒来闻语鸟,
似听市井红尘嚣。
回身未敢识寂寥。
天未老,
劝君莫说时光早。

【注释】
①学院路,位于北京市海淀区,南起学知桥,北至清华东路。十里长街,学府林立,1952年全国高校院系调整,闻名中外的北京海淀区"学院路"

由此而生。"八大学院"即今天的八所大学：北京航空航天大学、中国地质大学（北京）、中国矿业大学（北京）、北京林业大学、北京大学医学部、中国石油大学、北京科技大学、中国农业大学。

②中国石油化工股份有限公司石油勘探开发研究院，位于学院路中国地质大学南院。院内建筑为五六十年代的苏式红砖楼，简洁大方，宽敞明亮，楼前房后及甬路两旁，种植有高大法国梧桐树，红楼掩映期间，别有风味。笔者于 2018 年 6 月到石油勘探开发研究院工作。

江城子[①]

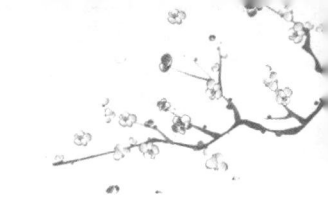

2018年12月26日

夜来几多梦还乡,
灶台边,
火正旺。
相坐无语,
抬头望惆怅。
半世只为人断肠,
空悲切,
泪千行。

十七年阴阳各方,
离别久,
想爹娘。
枯草寒风,
胶莱河水淌。
若得世上鲐背寿[②],
儿奉茶,
聊家常。

【注释】

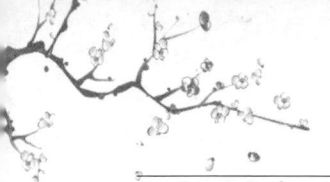

①2018年12月22～24日赴山东大学参加中国地球物理学会第十届第四次常务理事会暨"青年人才托举工程"启动会，时值父亲忌日，故会议结束以后乘火车回到老家给父母上坟。寒风斜阳里，在父母的院子里独坐良久，往事悠悠，绵上心头，所记。

②鲐背寿：鲐背之年，指年纪非常大的时候。意指父母若在世，应是九十高龄。

唐多令·2019年新年元旦

2019年1月1日

月清银盈窗,
山晓素裹装。
别去经年又暖阳。
灯火可亲闲话里,
聊家常,
说过往。

久来惯荒凉,
漂泊犹似忙。
乍回首一片沙场。
到得海天空阔处,
凭思量,
恬淡乡。

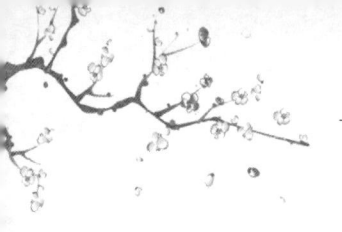

己亥年京华第一场雪[①]

2019年2月12日

怯怯雪花入京华[②],
东壁府[③]上煮香茶。
纵然雪瘦薄似羽,
着纱腊梅数点花。

【注释】

①今日立春,适戊戌年腊月三十,京城小雪飘来。冰雪乃梅之天地,一番风雪冰霜洗礼,腊梅绽放素瓣掩香的蕊。梅花的洁白与不争乃人心之所往。

②小雪自昨夜始京城袭来,至中午乃止。

③东壁府:古称藏书之所。东壁:星名,二十八宿之一,主管文章。《晋书·天文志上》:"东壁二星,主文章,天下图书之秘府也。"

己亥春节即景①

2019年2月13日

子墨摆谱领微收,
左注右勾乐其中②。
更有妹妹等不得,
趣前弹拨三两声。

【注释】

①己亥春节,孙女M、Y在北京家中欢度春节。贴春联,包水饺,逛庙会,其乐融融。适家中有"胶莱听雪"古琴一床,孙女见而喜之,坐于琴前,摊开琴谱,装模作样拨而弹之。即景记之。

②注、勾:古琴演奏中的指法。

踏莎行·登凤凰岭望长乐河①

2019年3月21日

堆烟堤柳,
叠桥石岸,
波光潋滟一水牵。
年来岁去长亭外,
山河襟带古道边。

悠悠雁鸣,
淡淡人闲。
一抹暖阳穿透天。
春风一树万千条,
杏花深浅染西山。

【注释】

①长乐河:即今日之京密引水渠,古称长乐河,清初改名为安河。引水渠,沿京西山脉蜿蜒而行100余千米入颐和园昆明湖。

踏莎行·春日游纪晓岚故居①

2019年3月21日

层层叠叠,
烁烁灿灿。
草堂新枝绿城南。
海棠花蕾胭脂泪②,
紫藤虬干绸缪盘③。

编摩厘定④,
天趣盎然⑤。
闲阶曲径久盘桓。
纪翁不负乾隆意,
一樽聊发送旧年。

【注释】

①纪晓岚故居:位于北京市珠市口西大街241号,原为岳飞二十一代孙、雍正时权臣、兵部尚书陕甘总督岳钟琪的住宅。纪晓岚在这里住了两个阶

段,分别是从 11 岁到 39 岁、从 48 岁到 82 岁,前后共计 62 年。

②纪晓岚亲植的海棠树,原先是两株,20 世纪 60 年代砍去一株。如今剩下的这株也被截去一半,孤坐在袖珍的小院中默默纪念着纪晓岚少年时与婢女文鸾相恋终又不能成为眷属的凄美故事。

③前院内有一架藤萝,相传为当年纪晓岚亲手所植。虽经两百余年,仍枝蔓盘绕,绿叶遮天。

④《四库全书》分经、史、子、集四部,凡 3503 种,79337 卷,是集中国历史文化之大成的一部千古巨制。他继承儒家学派衣钵,旁通百家。在编撰经学书籍中凡是注疏之中莫衷一是,诸史记载发生歧异时,都由他支分厘定,其中词曲类、医药类、堪舆卜问类等专业,不能得出准确定义时都由他审定。他对收入的每一册书都仔细研读做好提要。在征集大量的书籍中他把许多海内秘籍、不为人知、散佚民间的万余种书籍进行了分门别类,规定应刊、应抄、应存的目录。还一手删定润色而成《四库全书总目提要》凡 200 卷。并奉命创编了《四库全书简明目录》20 卷,成为研究我国古籍最方便的工具书。

⑤《阅微草堂笔记》被鲁迅赞为"雍容淡雅,天趣盎然",是纪晓岚追寻旧闻之作,近四十万字,含故事一千二百余则,自乾隆五十四年至嘉庆三年陆续写成,是纪晓岚最重要的文学著作,与蒲松龄的《聊斋志异》是异曲同工的两大绝调。但较之《聊斋》更有较深的思想内涵,并有反封建礼教的内容,暴露了他的许多真实想法,流传广,百姓认可。《阅微草堂笔记》内容丰富,知识性强,语言质朴淡雅,风格亦庄亦谐,从中学到天文地理人伦等无所不包的知识。书中对于当时民间疾苦寄予很深的同情。此外,该书还记载了大量社会基层、边疆士卒和少数民族的故事,赞扬他们的勤劳质朴和胆识。

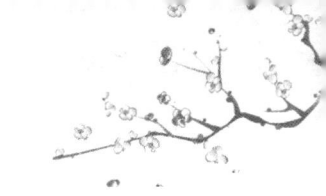

玉兰花[①]

2019年4月6日

玉兰时盛香满庭,
仪态万方沐春风。
纵使一夜花瓣雨,
落物有情掩泥红。

【注释】

①值4月初,弟发来淑清园里紫白两色玉兰图片,白色盛开,紫色含苞待放。阳春下,微风里,伸展着枝干,晶莹夺目,散发着清新、淡雅的幽香,令人心旷神怡。这两株玉兰是1998年3月,笔者在济南参加山东省第九次人民代表大会第三次会议期间,周末休会,到泰山普照寺游览,山东省林业科学研究所工作人员所赠送,至今已20余载。

妻子退休生活即景[①]

2019年4月12日

晨起阳台漫浇花,
整枝灭虫赏新芽。
灶台冷清浑不顾,
弯腰细数小茄瓜。

【注释】

①笔者爱人2019年3月份正式退休,闲赋家中,钟情于阳台的花花草草,每日浇水捉虫,整枝换土,赏花观叶,乐在其中。花叶也不辜负主人,花艳烁烁,春日融融,观之也是风景这边独好,即景记之。

苦菜花[①]

2019年4月14日

阡陌坡头露微黄,
绿意苦争拌沧桑。
祛火不嫌根清苦,
犹记儿时嗅花香。

【注释】

① 2019年4月13～14日到北京郊区雁栖湖,参加石油勘探开发研究院2019年度青年创新创业科技论坛会。正值孟春4月,会议驻地内外,墙下坡上,遍地的苦菜花顽强而旺盛地生长。人到中年更喜欢安静与清淡的东西,向阳坡上的那一抹绿,竟莫名其妙地蔓延出无限的追忆与遐想。那一朵朵即将绽放的苦菜花,又想到了小时候的田间地头,顽强独立的生命力给人们无限的愉悦与欣赏。它像是一株株被遗忘在尘世里独守着清高的幽兰,只为懂它的人来闻嗅。苦菜花根苦花香,感而记之。

清明春日品茗三首

2019年4月26日

（一）

醒来窗外绿黄添，
蔽日沙尘午后颠①。
阳美一杯茶有味②，
不改晨间四月天③。

（二）

去岁曾嫌黔茶淡，
今春又试川东眉④。
清明无雨人有泪，
杏花雨下忆故人⑤。

如园梅语

（三）

客居京华浑依旧，
缁尘不曾染素衣⑥。
七碗茶歌⑦读来迟，
初心今日还如一。

【注释】

①清明节家中休息，晨间春光明媚，晴空万里，鸟语花香。近午时分，沙尘自北而至，遮天蔽日，明媚澄澈之心境顿被压抑之感代之。

②江南友人昨日寄阳羡茶来，视之条形紧直锋妙，色翠显毫，汤色清澈，闻之清香淡雅，饮之滋味鲜醇，回味甘甜，沁人肺腑。

③品茗中沙尘蔽日压抑之感顿觉九霄云外，所谓"境由心生"是也。

④友人去年春寄都匀茶及黔南云雾茶，今又寄来四川眉州新茶。

⑤时值清明，又阅去年的12月26日所作怀念父母的《江城子》，读来仍泪流满面。

⑥陆机有诗曰"京洛多风尘，素衣化为缁"，指京城不良风气，会污染人的品质。

⑦《七碗茶》是唐代诗人卢仝的七言古诗《走笔谢孟谏议寄新茶》中重点的一部分，写出了品饮新茶给人的美妙意境，广为传颂。《七碗茶歌》在日本广为传颂，并演变为"喉吻润、破孤闷、搜枯肠、发轻汗、肌骨清、通仙灵、清风生"的日本茶道。其诗曰"一碗喉吻润，二碗破孤闷。三碗搜枯肠，惟有文字五千卷。四碗发轻汗，平生不平事，尽向毛孔散。五碗肌骨清，六碗通仙灵。七碗吃不得也，唯觉两腋习习清风生"。

读史有感

2019年5月12日

（一）

一丈钓钩万卷书，
三垄耕田八阵图。
英雄兴亡今何在？
一尊钓翁一张锄。

（二）

自古直臣良苦恨，
马兰劲草抱忠魂。
无节小人风唤雨，
碑高不盖佞人坟。

（三）

一部江山迭代剧，
千载生灵涂炭史。
不闻鼓角马嘶鸣，
也非休养生息时。

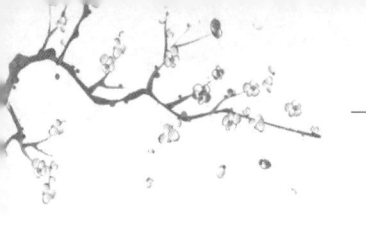

蔷薇花[①]

2019年5月20日

墙外前日重花浓,
高低万簇向人倾。
昨日风高洗妆容,
绿影扶疏意味中。

【注释】
①所居社区院墙,植满红、粉、白、黄、紫等花色各异的蔷薇花,前几日猛然见花朵盛开,自墙内喷薄而出,近观远眺,美丽无比,空气中弥漫着幽香。昨日京城忽然大风来袭,五彩缤纷的蔷薇花,即被狂风袭击而纷纷飘零落下。然大风过后,云天如洗,空气洁净清丽,绿影扶疏叶葱茏,弥漫着零落蔷薇花瓣的阵阵幽香仍让人心旷神怡,备感清爽,正如南宋人罗与之《看叶》诗所云"红紫飘零草不芳,始宜携杖向池塘,看花应不如看叶,绿影扶疏意味长"。

如园梅语

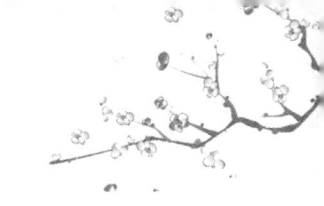

牡丹花[①]

2019年5月26日

带露初绽淑清园,
弄影流霞阶庭染。
妆素均红书画卷,
透绿醉墨语人间。

芍药伴君为近侍,
怕逐春光落零乱。
国色尚忆曹州府,
天香又侵胶莱岸。

【注释】

①淑清园里十数种牡丹2003年初冬时节由牡丹的故乡曹州府移植而来,纪念去世的父母双亲。牡丹花的品种有魏紫、赵粉、姚黄、香玉、黑花魁、花二乔、酒醉杨妃、白雪塔、葛巾紫、豆绿等十几种,花型各异,枝繁叶茂。每年五一前后盛开时风姿绰约,花色艳丽,幽香淡远。院中还有两株由临朐一中语文老师衣先生赠送的沂山野生白牡丹,黄蕊、红里、单片白色花瓣,叶小株高,亮丽多姿,被称为"血海冰心",有较好的观赏及药用价值。

初夏京华周末骤雨而作[①]

2019年6月2日

篱下纷纷万紫泥,
窗外蒙蒙烟雨时。
静室浅斟拌落笔,
馨兰低吟和古诗。

青竹雨后径更幽,
苍松云霁冠愈直。
且敬往事一杯酒,
岁月且行且珍惜。

【注释】

①6月1日晚上和6月2日,初夏之京城忽然雷电交加,狂风大作,随之骤雨来临。望着窗外院中蒙蒙烟雨中,繁花落地入尘。书房中,读书听诗,有感而作。

仿日本十七音诗夏至偶感[①]

2019年6月21日

（一）

庭院暮色浓，
凌霄攀爬花开中，
如火映天红。

（二）

点点可怜红，
出墙枝头满目杏，
夏夜送凉中。

(三)

夏日西山青,
乐水阵阵过清风。
栗花香正浓。

(四)

浅池青蛙唱,
笛声婉转过楼廊。
未闻知了响。

(五)

江南布稻谷,
北方炎炎日当午,
收麦耙地苦。

(六)

鞭炮彻天响,
李钰金日娶新娘,
幸福天地长②。

如园梅语

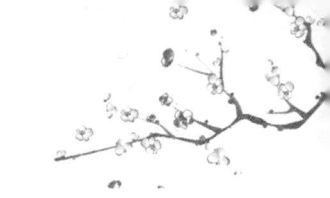

【注释】

①十七音诗：即俳句（pái jù），是日本的一种古典短诗，由中国古代汉诗的绝句体诗经过日本化发展而来，以三句十七音为一首，首句五音，次句七音，末句五音。2018年夏季在日本青森休假时，逛街头的旧书店，购买的一本诗集，读了有关俳句诗内容，故模仿之。

②2019年6月21日，外甥李钰结婚庆典。

如园梅语

京北昌平晨练登莽山而作[①]

2019年6月25日

忽遇荷风来，
始知夏亦清。
帝子今何在，
故道又长亭。

【注释】

① 2019年6月24～25日，在中国石化昌平会议中心，参加"中国石化弹性波理论与探测技术"重点实验室学术委员会会议，晨起登莽山晨练。在通往登山石径的入口，一方池塘满满青荷忽入眼帘，荷花含苞欲放，南池粉红，北池奶白。顿觉"微风忽起吹莲叶"之感，让闷热的夏日有了丝丝凉意。池塘中的荷叶，一尘不染，亭亭玉立，姿态婀娜，清新可人，乃绕荷池驻足观赏。一池一湖荷花的感觉有很多次，杭州西湖的曲院风荷、断桥旁边的荷塘，平湖秋月月色中的荷花，洞庭莲湖之美，可谓"接天莲

如园梅语

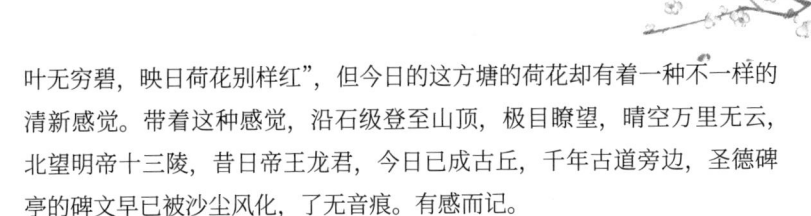

叶无穷碧,映日荷花别样红",但今日的这方塘的荷花却有着一种不一样的清新感觉。带着这种感觉,沿石级登至山顶,极目瞭望,晴空万里无云,北望明帝十三陵,昔日帝王龙君,今日已成古丘,千年古道旁边,圣德碑亭的碑文早已被沙尘风化,了无音痕。有感而记。

离亭燕·赴雄安参观规划馆有感[①]

2019年6月27日

一览江山如画,
青荷蒹葭初夏。
烟柳碧天何处断,
八陉太行关脉[②]。
鲤雁翎洲[③],
菱歌漫过青菜。

绿色文明生态,
宜居流水潺潺。
燕赵毓秀钟灵地,
又谱新篇雄安。
廖廓南北中,
乐奏翩翩于阗[④]。

如园梅语

【注释】

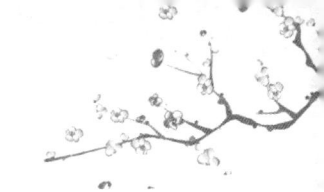

①2019年6月27日,前往雄安新区参观规划展览馆,乃"不忘初心,牢记使命"主题教育活动的一部分。对于雄安规划提出的"一方城,两轴线,五组团,十景苑,百花田,千年林,万顷波"颇有感触。

②见《初夏登京西百望山》。

③白洋淀古称掘鲤淀。

④于阗:新疆和田。毛主席有诗句:一唱雄鸡天下白,万方乐奏有于阗。习近平总书记提出建设雄安新区千年大计,对中国经济的未来均衡协调发展以及以文化为纽带保持完整与统一具有重要意义。

七月青岛海边断想

2019年7月25日

浪花

礁石上卷起的浪花
没有想念中的清冷
你听着
听着
像是潮湿的风
打湿了你的眼睛

涛声中
唱出了你的青春
和执着的曾经
那些曾经的过往
其实
已经不忍心再听

浒苔

浮在蓝色的海面上
炫耀着翠绿的自己
翡翠色掩盖着的
却是
消耗着过多的氧气
野蛮的膨胀
窒息了有益海洋生物的生长

海浪
把它冲到岸边
盖住了银色的沙滩
泛白的它
像污浊的棉絮
散发出令人窒息的浊气

海面上
出现了帆船
人们说
那是在对它
进行清理

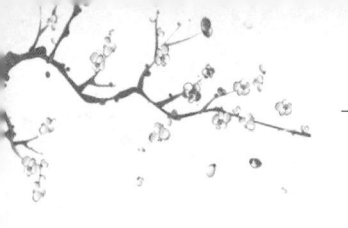

石老人

惊涛拍岸间
打鱼的老人
变成了赭红色的花岗岩

阅尽古今的老人
千堆卷起的雪中
霜侵两鬓斑

托腮凝望
千年亘古未变
一曲苍凉
遗事总茫然

凭谁细问
潮起落沙间

如园梅语

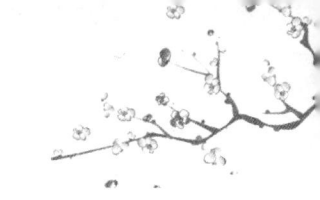

水调歌头·青岛①

2019年7月28日

百年沧桑港,
红瓦绿树间。
东西海岸相连,
覆地又翻天。
巍然卧波栈桥,
闲庭鲁迅中山②,
旖旎汇泉湾。
国风水族馆③,
新韵八大关。

看当年④,
国民醒,
火炬燃。
还我青岛主权,
不为瓦求全。
回望总督府邸⑤,
潮起黄金海岸,

岛城彩云间。
隔烟问渔船,
风正可悬帆⑥?

写于2019年7月28日
修改于30日青岛至北京的G210次火车上

【注释】

①2019年7月18～30日和妻子来青岛休假。

②指汇泉湾畔的鲁迅公园、中山公园。

③1930年8月,中国科学社在国立青岛大学召开第十五次年会,时任山东大学图书馆主任的著名学者、戏剧家宋春舫和时任青岛观象台台长的气象学家蒋丙然在大会上将制定的筹建水族馆及中国海洋科学研究所的计划倡议书分发给与会代表,得到了当时参会的蔡元培、杨杏佛、李石曾等人的支持。经他们历时一年的多方奔波集资,水族馆于1931年2月28日奠基动工,1932年2月竣工,1932年5月8日正式对外开放。青岛海滨

生物研究所（即中国海洋研究所）也于 1937 年建成。青岛水族馆是我国第一座自主设计建造的水族馆，是中国现代水族馆和海洋科研事业的摇篮。水族馆内现有海洋生物标本二万余件，馆藏数量居全国同类科普场馆之首，是全国唯一的海产博物馆。青岛水族馆选择了中国城垣式古典民族建筑造型，高 4 层，占地 10 余亩，建于海滩岩石之上。用红色粗花岗石砌造外墙，与红色礁石相协调，建筑色调与周围环境极为融合。城墙垛上方为二层城楼式建筑，重檐歇山顶并饰以青绛紫色琉璃瓦。主入口面对汇泉湾，两侧拾级而上，愈显建筑的宏伟气势。晚于水族馆四年建成的中国海洋生物研究所高二层，同样采取了仿中国古典建筑的设计手法，平面采用轴线布局，为重檐歇山屋顶宫殿式的建筑。在隔路相对的欧式建筑群衬托下，两座建筑互映生辉，显得格外灿烂夺目。

④五四运动，即 1919 年 5 月 4 日发生在北京的一场以青年学生为主，广大群众、市民、工商人士等阶层共同参与的，通过示威游行、请愿、罢工、暴力对抗政府等多种形式进行的爱国运动，是中国人民彻底的反对帝国主义、封建主义的爱国运动，又称"五四风雷"。起因是第一次世界大战胜利后的巴黎和会，将战败国德国占领的青岛划给日本，严重损害了中国的主权。

⑤德国总督官邸旧址，坐落于信号山南麓，1905 年 10 月—1907 年 10 月建造，由德国建筑师马尔克设计，施特拉塞尔监督施工。因它是当年德国胶澳总督的官邸。故俗称"提督楼"。这是一座具有欧洲皇家风范的德国古堡式建筑，其造型之典雅，装饰之豪华，轮廓线条之优美，色彩之瑰丽，至今仍位居我国单体别墅建筑之前列，作为 20 世纪初建造的这种风格的房屋在欧洲大陆甚至德国也不多见。

⑥2019 年 7 月 24 日中央全面深化改革委员会第九次会议审议通过《中国—上海合作组织地方经贸合作示范区建设总体方案》，在青岛建设中国—上海合作组织地方经贸合作示范区，旨在打造"一带一路"国际合作新平台，拓展国际物流、现代贸易、双向投资合作、商旅文化交流等领域合作，更好发挥青岛在"一带一路"新亚欧大陆桥经济走廊建设和海上合作中的作用，加强我国同上合组织国家互联互通，着力推动东西双向互济、陆海内外联动的开放格局。

己亥立秋即景

2019年8月8日

蝉鸣疏桐争噪晚,
树静夜阑秋难觅。
本来此景无诗意,
忽闻蛙声荷塘起。

清平乐·读范铭涛玉门油田八十华诞所作《清平乐》有感[①]

2019年8月30日

燕赵士慨,
策马走关外。
嘉峪关外四十载,
融入祁连山脉。

湖相裂缝储层[②],
青西营尔窟窿[③]。
故人今又扬鞭,
双百[④]更上层楼。

【注释】

①范铭涛同学（河北饶阳人，玉门油田高管，勘探地球物理学家。）在玉门油田八十周年华诞之际，做《清平乐·石油摇篮》："中华瑰宝，莫道油田小。岁逾八十身未老，摇篮传承独好。祁连山上高峰，铭刻玉门奇功。今又扬

鞭跃马，再踏百年征程。"感怀记之。

②营尔凹陷为复杂致密储层（湖相白云岩裂缝储层），其一体化评价技术取得突破，是近年来玉门油田稳产的重要基础。

③窟窿山地区的勘探思路由构造勘探向岩性＋构造方向转变并取得重大突破。

④玉门油田的发展目标为建成百年油田，产量重上百万吨。张研同学为我斧正并撰写《清平乐》一首："祁连山前，孕石油摇篮。历经风雨八十年，成就无数好汉。突破营尔凹陷，裂缝油藏稳产，百年油田梦想，重任唯我老范。"

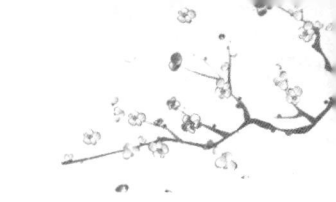

虞美人·己亥中秋教师节述怀[①]

2019年9月11日

人说京华秋光好，
却恨催人老。
嫦娥今夜意重重，
望怅人间尘事已朦胧。

蓦然回首经岁处，
凭栏学院路。
杏坛[②]心月未有圆，
有梦不醒痴心付樽前。

【注释】

①教师节10日与中秋节13日相近。

②相传为孔子聚徒授业讲学之所，今泛指授徒讲学之处，也称教育界。笔者一直有想做一名中学教师的梦想。

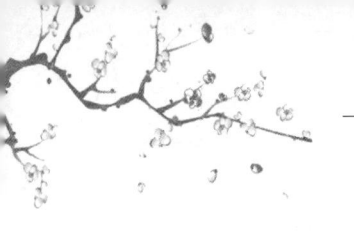

江城子·己亥仲秋

2019年9月13日

昨夜绵雨①今云霁，
斜阳里，
柳梢西。
风吹高树，
满院中秋意②。
对对雁行苍天上，
山色远，
空无寂。

皎皎蟾光当此际，
广寒宫
桂花溪。
月华如水，
促织鸣东壁。
诗成欲问沪上人，
千里外，
可添衣？

【注释】

①昨天晚上至今天上午北京一直在绵绵细雨中度过。

②"风吹高树,满院中秋意"乃宋代词人赵轸(字信可,今河南许昌人)《雨中花》句。

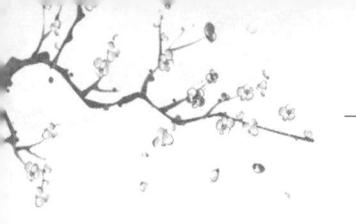

念奴娇·游孔庙国子监[①]

2019年9月13日

古树深院,
正中秋,
京华满城秋色。
安定门内,
街成贤[②],
掩映左庙右学[③]。
不曾料想,
始肇蒙元,
不见弓刀雪[④]。
儒学尊前,
历经七百岁月。

遥想太学当年,
向学重教,
盛况难与人说。
松下横琴良宵引[⑤],
坊前列队花朵[⑥]。

如园梅语

学海节观,
圜桥教泽⑦,
辟雍泮水⑧潋。
恍惚穿越,
越过云山万叠。

【注释】

①北京孔庙,又名"先师庙"。位于北京东城区安定门内国子监街13号,为中国元、明、清三朝祭祀孔子的场所,始建于1302年。国子监,位于北京市东城区国子监街(明、清时称成贤街)15号,与孔庙相邻,始建于元至元二十四年(1287年)。

②成贤街是位于东城区安定门内的一条东西向胡同,是北京城内现存不多的古老街道之一,巍然耸立的牌楼,夹道的老槐树,亭亭如盖的绿荫笼罩的古老房屋都体现了老北京街道的面貌。

③北京孔庙、国子监在国子监街的北侧,雍和宫的西边。孔庙和国子监建筑合于"左庙右学"的古制,这种设计形式,体现了我国传统的建筑规则。分别作为皇帝祭祀孔子的场所和中央最高学府。

④国子监是我国元、明、清三代国家管理教育的最高行政机关和国家设立的最高学府。北京的国子监,始建于元代,忽必烈建成大都后,于至元二十四年(1287年)在大都东城崇仁门(今东直门)内建国子学,正式营建是元成宗大德十年(1306年)。国子监邻是元成宗大德六年(1302年)

营建的孔庙，孔庙则是皇家祭孔之地两者相伴形成"左庙右学"。笔者认为蒙古人金戈铁马、弯弓射雕，但却在1276年灭南宋以后迅速建立了孔庙和国子监，弘扬儒学，可以看出汉文化的影响力，也许这也是《诗经》《楚辞》《汉赋》《唐诗》《宋词》汉文化之灿烂华章以后，《元曲》也有收录的原因。

⑤游览期间恰遇北京古琴文化展在国子监举行。

⑥游览期间，见有很多一、二年级的小学生在老师的带领下，在国子监参观并在琉璃坊前合影。

⑦琉璃牌坊，三门四柱七座。位于二门内辟雍殿前，是北京唯一一座专为教育设立的琉璃牌坊。牌坊正中，正背两面有"圜桥教泽""学海节观"，均系乾隆皇帝御书。牌坊上覆黄色琉璃瓦，以示皇家向学重教的传统。

⑧辟雍殿于乾隆四十八年（1783年）下诏修建，乾隆五十年（1785年）辟雍及配套工程历时两年竣工建成，由当时的大学士兼国子监事务刘墉主持修建，是中国现存唯一的古代"学堂"，是古代皇帝临雍讲学的场所。四面辟门，四周环以回廊和水池，池周为汉白玉雕护栏。池水四壁有喷水龙头，壁池的水是在外院的东西各挖一眼水井，井上盖有亭子，称为"井亭"。水井挖有暗沟，分别通往里院的三堂后引入的壁池。池上架有四周石桥，通向辟雍四门，构成周代"辟雍泮水"之制，以喻天地方圆、传流教化之意。

游破山寺①

2019年10月3日

曲径通幽处②,
茶肆鼎沸声③。
临溪喧中坐,
青山好处行。

雨歇木樨④落,
云栖松篁生,
谭影⑤空我心,
何劳问丹青。

啜茶清有味,
回首米碑亭⑥。
唐幢⑦听清音,
禅家语梵经⑧。

竹屋⑨香自侵,
莲池⑩叶千重。

山光秋色里,
涧溪一滴中。

写于2019年10月3日常熟
修改于2019年10月5日无锡至北京G134高铁上

【注释】
①即兴福寺。位于江苏省常熟市虞山北麓,是国务院确定的汉族地区佛教全国重点寺院,文物保护单位。南齐延兴至中兴年间(494—502年)兴建,倪德光(曾任郴州刺史)舍宅为寺,初名"大悲寺"。梁大同五年(539年)大修并扩建,改名"福寿寺",因寺在破龙涧旁,故又称"破山寺"。唐咸通九年(868年)懿宗御赐"兴福禅寺"额,兴福寺成为江南名刹之一。乾隆三十七年(1772年)建亭勒石,立碑在兴福寺内,1983年被列为全国佛教重点寺院。
②唐代诗人常建的《题破山寺后禅院》中诗句。
③通往破山寺石径两旁,有很多露天茶室。人们从清晨起就汇聚到这里喝茶、聊天,吃一种从虞山上采摘的蘑菇做成的"蕈(xùn)汤面"。1947

如园梅语

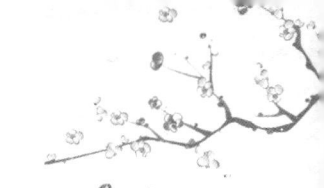

年10月19日,宋蔼龄、宋庆龄、宋美龄姐妹三人畅游罢兴福寺,在寺外林中野餐,一碗蕈油面端上桌,清香扑鼻,宋氏姐妹品尝后觉得名不虚传,更是赞不绝口,连声道:"好、好、好,想不到小地方有这么好吃的菜和面。"

④木樨:桂花之别称。

⑤寺内有空心潭,寺志载兴福寺山下有泉,潴而为潭,汩汩灌注,冬夏常盈,渊深澄澈,可烛须眉,天光日华,上下交映,颇蕴禅意。潭水清澈可烹茗、潭中桥作九曲,周围黄石堆砌如峭壁,潭边崖石上镶嵌汉白玉石壁"空心潭"三字,茶桌几张,清茶一杯,清澈的潭水洗却了内心的尘埃。不时有桂花飘落杯中,有潭影浸润于心,羽化自己,物我两忘之感,乃回到天人合一的清静之地。

⑥米碑亭,宋代书法家米芾手书唐代诗人常建的名诗《题破山寺后禅院》:"清晨入古寺,初日照(明)高林。曲径通幽处,禅房花木深。山光悦鸟性,潭影空人心。万籁此俱(都)寂,惟闻(但余)钟磬音。"米芾书碑时,对原诗作了改动(括号内的字)。

⑦唐代石幢,二幢立于破山寺山门之前,左为平原陆展书,右为京兆全贞书,精妙无比,今尚存旧刻一,后复制一,立于破龙涧畔。

⑧寺内有佛教学院,其前身为建于1918年的华严大学。现有学生在读,诵经声朗入耳。

⑨寺有竹香书屋,匾额为清代光绪皇帝老师、常熟人翁同龢所书。推窗可见青竹成海,竹香扑鼻。

⑩寺内有方形白莲池,池中有千叶重萼白莲,芳色异常,池旁一株白玉兰树斜伸入池,与莲叶相映成趣。

如园梅语

游方塔寺[①]

2019年10月4日

宋塔犹有唐遗风,
绝顶登临山半城[②]。
问泉堂[③]畔茶几盏,
塔影潭[④]前如天镜[⑤]。

探春千叶一卷廊[⑥],
识秋一树枝虬横[⑦]。
可叹吴熟灵秀地,
诗成忽忆夫差宫。

初稿写于2019年10月4日于常熟
2019年10月7日修改于京华听雪斋

如园梅语

【注释】

①方塔位于江苏常熟古城东端，原名"崇教兴福寺塔"，又名崇教宝塔。塔虽建于宋代，仍沿袭唐代砖木楼阁式形制，四面九层，高67.14米，因其四面九级形方，匀称俊俏，所以俗称方塔。"闻古塔风铃，思千古幽情"，登塔拾级而上，古城风貌尽收眼底。塔翘楚江南，是古建筑中瑰宝，历经800余年风雨沧桑，依然伟岸隽秀，灵光四射，成为国家历史文化名城常熟的古城标志。方塔园3万余平方米，建筑均为仿宋形制，绚丽大气，颇有皇家园林的文脉神韵，同时又采用江南园林曲折多变的手法，曲桥亭台、轩廊水榭、山石花木相得益彰。

②登方塔而望有"人文昌盛之邦，文物著于江南"美誉的常熟，可体会"七溪流水皆通海，十里青山半入城"之韵味。它有着3000年文明史和1700年城建史，作为吴文化发祥地之一，远有商周"让国南来"的虞仲、春秋"孔门十哲"之一的言偃，近有明代"东南文宗"钱谦益，清代"两朝帝师"翁同龢。据史书记载，常熟历史上共出了8名状元、10名宰相、485名进士。近代有中国科学院，中国工程院院士22名。

③巍峨耸立的方塔下，"问泉堂"前，还有一座八角形的古井，古井井栏是整块巨大的青石雕刻而成的，苔痕碧绿，古迹斑驳，很有历史年代感。据考察古井的井砖形制与材料和方塔的塔基是一样的，可以证明古井和方塔为同时代建造，即为宋代古井。古井周围读书台旁设有露天茶座。

④塔影潭，在此可观赏水中塔影，是观塔的绝佳处。千年古塔、百年老树、红栏白墙的仿古建筑、造型多姿的小桥和蓝天白云，层层叠叠倒影在水池中，构成别具风情的动人画卷。

⑤方塔园有"天境"石刻，原为常熟北门外澄碧山庄十景之一。古人崇尚"以天为镜"，可观世间百态及人间沧桑，造园时题镌"天境"，是"天乃大和高、天大则内容丰富，天高则难以接触"的体现。

⑥园内有名为"千叶一卷廊"的曲廊，两旁种植梅花，就像无锡的春天从"梅园"开始，想必常熟的春天也是最先从这里开始的。漫步其中修竹舒朗，叶影婆娑，望整个园林曲桥亭台、轩廊水榭、山石花木相得益彰，一派诗情画意的江南园林景色。

⑦园内有一棵高大繁茂的古银杏树，高 20 米，主干粗达 2 米多，需要两个人才能合抱。据《常熟市志》记载，古银杏树树龄已有 800 多年，也是宋代遗留下来的"古物"。方塔与宋代古井、古银杏并称为"园中三宝"。

如园梅语

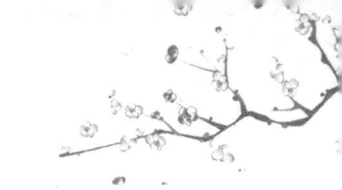

重阳节中山公园音乐堂观赏《琴韵缤纷》东西南北四琴家音乐会①

2019年10月7日

缤纷中山韵千古,
东西南北琴家会。
醉渔唱晚②泛江上,
渔樵问答③逍遥归。

文姬归汉断胡笳④,
天人合一续秋水⑤。
梅边吹笛⑥何人忆⑦,
关山月下谪仙人⑧。

【注释】

①2019年10月7日,在北京中山公园音乐堂举行了著名琴家中央音乐学院教授李祥霆、上海音乐学院教授龚一、四川音乐学院教授曾成伟、天津音乐学院教授李凤云以及天津音乐学院教授、笛箫演奏家王建欣演出的《琴韵缤纷》东西南北四琴家音乐会。题为"韵高千古、心旷神怡",感之而作。

②《渔舟唱晚》，操琴，龚一。曲目取自唐代诗人王勃《滕王阁序》中："渔舟唱晚，响穷彭蠡之滨"的诗句。乐曲描绘一幅夕阳映照万顷碧波的画面，在晚霞辉映下渔人载歌而归的动人画面。

③《渔樵问答》，操琴，李祥霆。此曲通过渔樵在青山绿水间自得其乐的情趣，反映隐逸之士对渔樵生活的向往，是一首流传几百年的名曲。曲谱最早见于《杏庄太音续谱》（明萧鸾撰于1560年）："古今兴废有若反掌，青山绿水则固无恙。千载得失是非，尽付渔樵一话而已。"《琴学初津》云此曲："曲意深长，神情洒脱，而山之巍巍，水之洋洋，斧伐之丁丁，橹声之欸乃，隐隐现于指下。"

④《大胡笳》，操琴，曾成伟。汉末大乱，连年烽火，蔡文姬在逃难中被匈奴所掳，流落塞外，后来与左贤王结成夫妻，生了两个儿女。她在塞外度过了十二个春秋，但她无时无刻不在思念故乡。待到曹操平定了中原，又与匈奴修好，念与蔡邕旧情，遂派使节用重金赎回文姬，二子为王所重留胡中。乐曲以富有特殊风味的蒙古和新疆音调和独特的节奏，表现文姬还乡的喜悦以及骨肉分离的悲痛矛盾之心情，使听者感到文姬欲罢不能与肝肠寸断之心情。

⑤《秋水》，操琴，曾成伟。此曲表现道家天人合一思想的情趣，音调悦耳，声韵飘逸，缓急相间，予人以一种洒脱超然之感，是蜀派的代表琴曲之一。

⑥琴曲《暗香》，李凤云操琴，王建欣萧。据宋姜夔《白石道人歌曲》本即兴演奏。原词有"旧时月色，算几番照我，梅边吹笛……"句。

⑦《忆故人》，操琴，龚一。曲缠绵悱恻，感人至深。是龚一教授的老师张子谦先生所传授。时值今年张先生120周年诞辰，龚一弹此曲目是对子谦先生的纪念。

⑧10月7日适国庆假日，地铁和地面交通管制，故今晚的琴会部分观众迟到。在琴会结束时几位琴家商定由李祥霆先生代表他们再给观众弹一首曲子，以示琴会仍按时开始的歉意。观众有人提议《关山月》，有人提议《酒狂》，李先生决定把这两支曲子合起来演奏，取名曰"关山月下谪仙人"。《酒狂》尽管是东晋时期嵇康所弹奏，但李先生认为称得上酒狂的唯有李白，故命名以上题目。

如园梅语

采桑子·北京大学听古琴讲座课[1]

2019年11月8日

未名湖畔行匆匆,
脚下落叶,
头上斗拱。
博雅塔前启华灯[2]。

窗台倚到无言处[3],
今朝何夕,
细味燕京[4]。
宛若远古天籁声[5]。

【注释】

[1]北京大学古琴传承计划——古琴在北大的传播始于1919年蔡元培任校长时期。值此百年之际,北京大学携手中国昆剧古琴研究会联合主办北京

大学古琴传承计划，于 2019 年第一学期邀请龚一、李祥霆、陈文林、吴钊、戴晓莲等名师大家开设公选课《古琴经典艺术欣赏》，传承传播蔡元培先生"美育"理念，体验并学习古琴所涵融的中国传统文化，让更多的学子步入琴学的课堂，笔者参加了学习课程。

②由于古琴的课程都是安排在每个周二的晚上 6:40～9:00，故傍晚匆匆去北大，在博雅塔下未名湖畔华灯初上时分，穿越校园中的斗拱古建筑，踏着深秋季节里银杏等树木的落叶去上课。

③上课在北大第 2 教学楼 410 室，由于听课学员众多，很多学生和旁听生都是站立在教室的后面和走廊的两侧。没有座位时，笔者经常会选择一个窗口的位置，可以在这里倚靠一下，以缓解听课三个小时的劳顿。

④今北大乃燕京大学校园。

⑤授课老师李祥霆的《关山月》、龚一的《平沙落雁》等所弹琴曲，散音松沉而旷远，让人起远古之思；泛音则如天籁，有清冷入仙之感。瑞典汉学家林西莉（Cecilia Lindqvist）的《古琴》一书的首页便是李白诗《听蜀僧浚弹琴》："蜀僧抱绿绮，西下峨眉峰。为我一挥手，如听万壑松。客心洗流水，余响入霜钟。不觉碧山暮，秋云暗几重"，写出了远古琴声荡涤胸怀，听罢富心旷神怡，意犹未尽之韵味。

采桑子·京城己亥年冬初雪

2019年11月30日

不知庭霰夜入墙,
梅边竹上。
晨起临窗,
疑是瓦上琼瑶霜。

冷处偏佳谁种玉,
别致模样。
欲试梅妆,
莫道茶香驻时光。

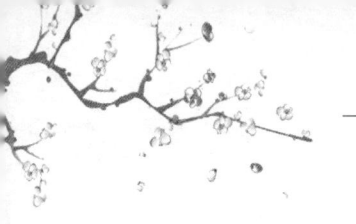

京城己亥冬月二十夜雪

2019年12月16日

庭院晚来雪，
梅瘦傲雪枝。
堂下弄丝弦，
炉前醅绿蚁①。

历来诗咏梅，
今日梅咏诗。
煮酒诗有味，
窗外梅发痴。

【注释】
①唐·白居易《问刘十九》诗："绿蚁新醅酒，红泥小火炉。晚来天欲雪，能饮一杯无？"醅（pēi），为"聚拢或分开"之意，其本义为聚饮。"绿蚁"指浮在新酿的没有过滤的米酒上的绿色泡沫。

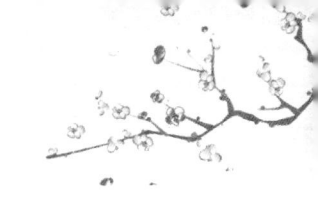

鹧鸪天·2020年元旦

2020年1月1日

四十载漂泊曾经，
一世缘梦枕零星。
鬓从西域新生白，
身在京都旧处青。

山一程，
水一程。
万里霜天风纵横。
不做人间惆怅客，
书香盈月又三更。

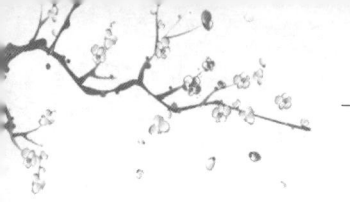

2020年庚子春节

2020年1月27日

雪未消融
腊梅还开
窗外白杨
伸手够白云

陡然间
你发现
往日她灰暗的臂膀
露出润脂般青白

待春风四月
融入你胸怀
绿色便满了山脉

如园梅语

庚子春节感怀[①]

2020年2月2日

旧符又添新桃红,
窗外不闻爆竹声。
闲书回望三千年,
香茗遥寄万里盈。

斑竹一枝千滴泪,
问学谏往论废兴。
众志成城齐抗疫,
多难兴邦玉宇澄。

【注释】

①庚子春节,余值家中读书品茗,听诗闲逸,时值2020年2月2日,忽如一夜小雪至,晨起临窗梨花开。友人问之"京城雪乎",答曰"然",

"何不诗之？"雪乃高雅洁净之境之景，尝引无数英雄文人骚客吟咏赞之，然疫情之下，已无去冬京城11月30日及12月16日两场雪所填《采桑子·京城乙亥年冬初雪》及《京城乙亥冬月20日夜雪》词之欣然。几日闲坐读书有《大家小絮》(张克澄)、《我的先生夏目漱石》(夏目镜子)、《北京的隐秘角落》(陆波)、《问学谏往录》(萧公权)等，颇有几多感慨，望室外雪融水滴，人影稀疏，感慨记之，兼答友人之问。

如园梅语

庚子年春京城第二场雪至[①]

2020年2月6日

书中一日越千年[②],
夜雪无声竹枝低。
瘟神如此何似是,
夜半无人独语时。

【注释】

①庚子年春节正月十二至十三日,京城雪至连两日,乃去冬今春以来京城第四场雪,也是庚子年的第二场雪,雪势不大,飘飘洒洒,地不盈尺。

②雪夜读书乃人生幸福之快事,节后连读几本书,实无困家之不适。昨晚读日本作者三崎良章所著《五胡十六国——中国史上的民族大迁徙》一书,领略中国1700年前魏晋南北朝时期之分裂大历史。

庚子年春又雪[①]

2020年2月14日

昨夜雨敲窗
今朝窗听雪
繁星沉银河
万家罢笙歌

料得素肠断
忍见生死别
人间有伏虎
一啸瘟疫绝

【注释】

①庚子春正月二十夜,京城雨至,至二十一晨始转雪,雪随风舞,乃己亥末、庚子始第五场雪。

浪淘沙·京城雪后降温遇寒天

2020年2月17日

寒风过西山,
形只影单。
又怜往日车马喧。
却看西山晴雪①日,
梅花两点。

临窗独凭栏,
天高云淡②。
苍生无恙山河安。
忽来诗思清入骨,
心远地偏③。

【注释】
①"西山晴雪"乃西山雪后著名景观,是京城著名的八大景观之一。
②出自毛泽东《清平乐·六盘山》:"天高云淡,望断南飞雁。不到长城

非好汉,屈指行程二万。六盘山上高峰,红旗漫卷西风。今日长缨在手,何时缚住苍龙?"诗句。

③取魏晋陶渊明诗《饮酒》(其五):"结庐在人境,而无车马喧。问君何能尔?心远地自偏。采菊东篱下,悠然见南山。山气日夕佳,飞鸟相与还。此中有真意,欲辨已忘言。"诗句。

如园梅语

那一树盛开的玉兰[①]

2020年清明节

又是一年玉兰花开
白而娇
淡而紫的花朵
渲染着四月里
蓝蓝的天
花香扑鼻
弥漫了淑清园

那一树
又一树的花朵
是爱
是怨
是暖
是老宅梁上燕子的呢喃
是儿女们无尽的思念

白的是爹
紫的是娘
天堂里的爹娘就是那
心中不凋谢的

花玉兰

我多么渴望
玉兰花开
故人归来
在花下的春风里笑谈
我知道
那是无望的期待
那种凄美的相遇
我想
爹娘会喜欢

没有眼泪
没有忧伤
只有赏花时的心满意足
我知道
那时的您抛却了
所有的不舍和惦念

我会说
愿爹娘与玉兰花为伴
快乐着您的快乐
喜欢着您的喜欢

我愿意
您收下这一树盛开的玉兰

如园梅语

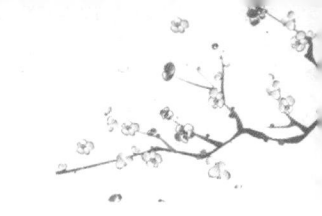

我愿
在下一个的世事轮回里
又在玉兰树下相见

【注释】

①淑清园的两株玉兰树是 1998 年 3 月到济南参加山东省第九届人民代表大会周末休会到泰山普照寺游览时，在寺内办公的山东省林业科学研究所的一位研究员所赠送，回来以后便种在老家的院子里。而今 20 多年过去了，枝繁叶茂，每当清明时节，花香宜人，想起了故去的父母而作。

如园梅语

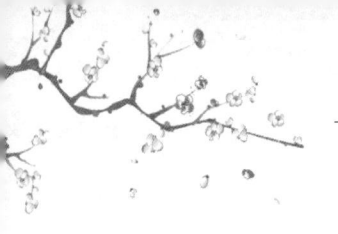

弯弯的梅河

2020年4月3号

　　梅河发源于老家古镇后卜庄街，向东流经韩家店村前，穿姚家村而过，遇东赵村后婉转去北，河面渐宽，蔓生菖蒲芦苇等水草，二里许流入胶莱河。胶莱河水大的时候，水又倒灌其中，因其河流形状像虬干的梅枝，故称梅河。写于离家40年后的庚子年清明时节。

梅河不长
源于七里外的后卜庄
蜿蜒向东
汇入胶莱河[①]
与烟潍路[②]相望
那里有我的爹娘
那里是我的故乡

梅河水浅浅
菖蒲长满了河床
梅河水弯弯
鱼虾戏抄网

如园梅语

梅河的右岸
是一座高高的窑厂
那儿有儿时快乐的捉迷藏
梅河的左岸
种着地瓜的崖头
是高祖长眠的地方

梅河湾湾
枕着
砖砌的拱形古桥流淌
水湾的周边
有高高的芦苇荡
还有石砌的簸箕掌
在这儿
常常看见女人们洗衣裳

悄悄地蹚水去折摘
夏夜乘凉时
驱蚊的大蒲棒
打湿了裤子
写满笑意的脸上
是童趣的调皮与欢畅

还有那南征的大雁
在河边麦田里歇脚
留下来

如园梅语

绿白相间的屎清香

不知道现在是啥模样
是否还能找回儿时的梦乡
那条布满水草的梅河啊
还能否听到青蛙的欢叫
草滩上
觅食水鸟的歌唱

我愿意一饮到醉乡
醒来天光光
躺在麦田里
望着白云
化作淡淡的忧伤
把我曾经的愿望
化作泪水在脸上流淌

院子里的玉兰花
又含苞待放
却没有了爹娘的观赏
和树下默默地相望

在我不明白珍惜之前
怎么就去了远方
在我来不及用心之前

如园梅语

你我怎么就天各一方
在我不懂事之前
你怎么就那么的匆忙
在读懂了你之后
才知道世事的沧桑
和曾经的不思量

你为什么就那么匆忙
来不及道一天的家常
哪怕是
端半天的饭汤

又到清明节
又一个共尘和光
临窗远眺
望断多少柔肠
在回忆里打捞过往
感叹着回不去的时光
还有那阴晴圆缺的雨雪风霜

年轮刻在我的脸庞
岁月印记了我的沧桑
窗外的玉兰花啊
请留下我
淡淡的几句诗行

如园梅语

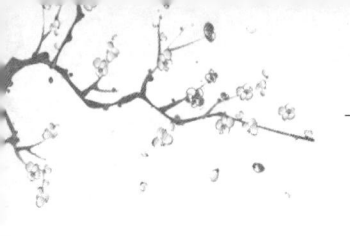

阳光挂在树枝上
生命的日历渐渐泛黄
愿花谢的时候
留一地芬芳

长路奉献给远方
小河奉献给远洋
我思念那
弯弯梅河的流水汤汤

【注释】

①胶莱河：古称胶水，亦称运粮河，干流为元代人工开凿的运河，属连接胶州湾、莱州湾的入海河流。流经山东省平度、高密、昌邑、掖县（今莱州市），在掖县海沧口北注入渤海；南段称南运河，向南流经平度、高密、胶州市，在胶州市前店口乡圈子村南汇大沽河。干流全长130千米，总流域面积5478.6平方千米。

②烟潍公路，即206国道，始建于1920年，前身为古代的潍坊至荣城（成山角）官马大道（驿道）。从秦汉至明清，进出胶东半岛，主要都是经过这条道路。明清时期，因胶东半岛上的莱州和登州两府的驻地均在这条线路上，两府又是民国风云人物张宗昌和吴佩孚的老家，故民间有两人出力而促成之说。1920年10月17日由潍县开始测量，全长295千米。原规划是烟潍铁路，北洋政府派津浦铁路工程师赵德三负责其修筑工程。1923年铁路路基竣工后，由于胶东山区丘陵起伏太大，鉴于当时的技术条件无法铺轨，遂改为公路。抗日战争时期，日军曾对潍县至平度灰埠段路基进行整修。

满江红·京北秋日骤雨后登凤凰岭

2020年8月22号

大雨滂沱,
烟树碧,
洗了糟粕。
凭栏处,
千重万叠,
云天一色。
雨霁云破天地里,
多少灿烂挂星河。
看西山,
映青黛如画,
不知觉。

层林染,
靓丘壑。
风雨中,
耐淡泊。
度石径苔绿,

如园梅语

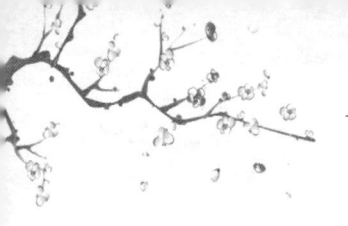

目不暇接。
一曲良宵知此意,
从前心事都抛却。
新雨后,
喜登高望远,
天寥廓。

访蔡元培故居①

2020年8月28号

年少通经第一人②,
文极古藻称一家③。
学界泰斗倡民主④,
人世楷模为大雅⑤。

【注释】

①蔡元培（1868—1940），字鹤卿，又字仲申、民友、孑民，绍兴人，原籍浙江诸暨。民国时期著名的教育家、革命家、政治家。曾任南京临时政府教育总长、北京大学校长、中央研究院院长等职。蔡元培故居位于绍兴市区萧山街笔飞弄13号，是一个颇具绍兴特色的明清台门建筑，也是中国唯一专门介绍蔡元培一生事迹的名人纪念馆，主要建筑有门厅、大厅、座楼，共三进，占地1856平方米，建筑面积1004平方米，砖木结构，花格门窗，乌瓦粉墙，青石板地，古朴典雅。2020年8月22日至9月9日

与爱人（祖籍绍兴嵊州市）到绍兴休假。

②中堂的对联"竹屋依花栏；松云复草堂"，翁同龢（1830—1904）书。翁同龢，别署均斋、瓶笙、瓶庐居士等，是中国近代史上著名政治家、书法家，蔡元培科举致仕后，其学识受到当时大名鼎鼎的户部尚书翁同龢的赏识，赞誉他是"年少通经，文极古藻"的"俊才"。

③故居大厅蔡元培塑像后面的屏风上嵌有蔡元培用过的一句话"中国为一人，天下为一家"。出自《礼运》，原文："故圣人耐以天下为一家，以中国为一人者，非意之也，必知其情，辟于其义，明于其利，达于其患，然后能为之。何谓人情？喜、怒、哀、惧、爱、恶、欲七者，弗学而能。"

④故居大门壁上镌着沈鹏先生所书的"学界泰斗，人世楷模"八个鎏金大字，是毛泽东对蔡元培先生的褒誉。

⑤《大雅》是《诗经》的组成部分之一。旧训雅为正，谓诗歌之正声，称德高而有大才的人。泛指学识渊博的人，也可指高尚雅正。

题扇桥①

2020年8月28号

沐风栉雨府河②上，
乌篷船过犹沧桑。
书圣挥笔怒转笑③，
从此石桥题扇扬。

【注释】

①题扇桥在绍兴市区城东北角，昌安门戒珠寺前之蕺山街上，古朴沧桑，因王羲之为卖扇老妪题扇而得名，《晋书·王羲之传》记有："又尝在蕺山见一老姥，持六角竹，扇卖之。羲之书其扇，各为五字，姥初有愠色。因谓姥曰：'但言是王右军书，以求百钱邪'姥如其言，人竞买之。他日，姥又持扇来，羲之笑而不答。其书为世所重，皆此类也。"现该二地名一直沿用至今，从此该桥改名为"题扇桥"。石桥拱为纵联分节并列砌筑，桥上原有石灯杆，为路人照明。现仅存灯杆石插座一个。从该桥的风化程度可定其

为宋朝以前桥梁，长3.80米，宽4.30米。桥坡石阶各为19级。桥西南角竖有著名书法家萧娴（1902—1997)题写"晋王右军题扇桥"石碑，旁设圆桌和鼓形石凳，可供游人小憩。现桥为清道光八年(1828)重修。

②府河，贯穿绍兴老城区南北的河，自隋朝开皇九年（589年）至民国元年（1912年），一直是绍兴府城同城而治的山阴、会稽两县的一条界河。府河自南门南渡桥流入，经舍子桥、大庆桥、大云桥、清道桥、水澄桥、利济桥，折而向东，经小江桥、斜桥、探花桥、香桥，再转北向出昌安门，流入三江口。故同处一城，河东为会稽县，河西系山阴县。因此，世居小江桥北笔飞弄的蔡元培自称山阴人氏，而周恩来祖居和鲁迅故居在会稽地界。

③南宋著名的政治家和诗人王十朋（1112—1171）有诗句："右军一画千金重，妙意宁容市妪知。明日重来堪一笑，管城那肯更临池。"

如园梅语

访沈氏园①

2020年8月29号

孤村夜雨②潇潇下，
铁马冰河③滚滚来。
伤心桥下秋波绿，
新韵谢词旧池台④。

【注释】
①沈园位于绍兴市越城区春波弄，宋代著名园林，沈园至今已有800多年的历史，又名"沈氏园"，是南宋时一位沈姓富商的私家花园，始建于宋代，初成时规模很大，占地七十亩之多。园内亭台楼阁，小桥流水，绿树成荫，江南景色，是绍兴历代众多古典园林中唯一保存至今的宋式园林。因陆游曾在此留下著名诗篇《钗头凤》于壁间，原配唐琬见而和之，词意凄绝而著名。
②陆游一生跌宕起伏，为官四方，但有40多年蛰居故乡山阴，务农行医，

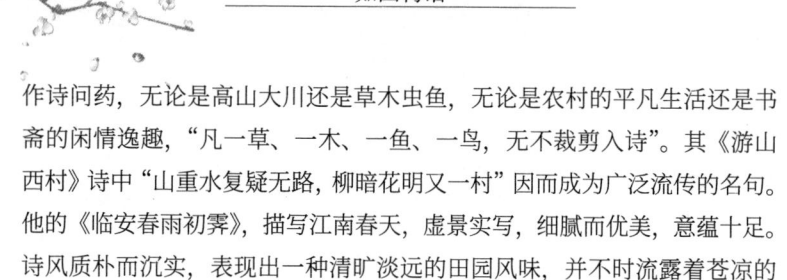

作诗问药，无论是高山大川还是草木虫鱼，无论是农村的平凡生活还是书斋的闲情逸趣，"凡一草、一木、一鱼、一鸟，无不裁剪入诗"。其《游山西村》诗中"山重水复疑无路，柳暗花明又一村"因而成为广泛流传的名句。他的《临安春雨初霁》，描写江南春天，虚景实写，细腻而优美，意蕴十足。诗风质朴而沉实，表现出一种清旷淡远的田园风味，并不时流露着苍凉的人生感慨。

③陆游一生坚持抗金，讨伐投降派。《书愤五首·其一》诗"早岁那知世事艰，中原北望气如山。楼船夜雪瓜洲渡，铁马秋风大散关。"就抒发了诗人慷慨激昂的报国热情和壮志未酬的悲愤，昂扬豪壮中带着苍凉悲怆。

④1962年10月，郭沫若游沈园这个演绎了一段千古绝唱的地方。在宋代沈园故物一个葫芦形的小池和一个大的方池高低不平的土堆旁，一位中年妇女将作者是齐治平、由中华书局出版的《陆游》一书递给在此游览的郭沫若，说："我就是沈家的后人，这本书送给你。"郭沫若接过书连声致谢。这位妇女自我介绍："老母亲病了，我是从上海赶回来的"。郭沫若忙问："令堂的病不严重吧？"妇女回答："幸好，已经平复了。"这时，从斜对面菜园里又走过来一位青年，穿着黄色军装，大约也是想看看郭沫若吧。那位妇女介绍："这是我的儿子，他是从南京赶回来的。"郭沫若上前与他握手。因为吃完早饭还得赶往杭州，郭沫若匆匆忙忙与他们道别，返回住处。这次访沈园，郭沫若留的印象并不深。但沈家后人的意外赠书，倒叫他感到一些诗意。同时，这件事也令他感到不安：走时匆忙，他没有问清楚那母子的姓名和住址。在旅途中，郭沫若感到接受了别人的礼物，虽然是很薄的小册子，但没有东西回赠，也没有办法回应，就好像欠了一笔债似的。沈家后人赠的这册《陆游》，郭沫若偶尔拿出来翻翻。他又见到了陆游题在沈园园壁上著名的《钗头凤》：红酥手，黄縢酒，满城春色宫墙柳。东风恶，欢情薄，一怀愁绪，几年离索。错、错、错。春如旧，人空瘦，泪痕红浥鲛绡透。桃花落，闲池阁，山盟虽在，锦书难托。莫、莫、莫。陆游的《钗头凤》引发了文人郭沫若的情绪，加上访沈园时遇到意外赠书的插话，郭沫若怀古抚今，便依着原词的调子，和出一首《钗头凤》："宫墙柳，今乌有，沈园蜕变怀诗叟。秋风袅，晨光好，满畦蔬菜，一池萍藻。草、草、草。

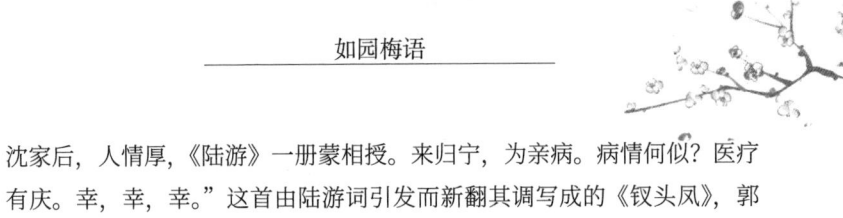

沈家后，人情厚，《陆游》一册蒙相授。来归宁，为亲病。病情何似？医疗有庆。幸，幸，幸。"这首由陆游词引发而新翻其调写成的《钗头凤》，郭沫若引用在自己的文章里。大概是为了让那位赠书的沈家后人见到，文章发表在上海的《解放日报》上。后来，绍兴市文管会知道郭沫若写有此词，便去函请求郭沫若为沈园题字。1963年6月1日，郭沫若题了"沈氏园"三字，乘便将所作《钗头凤》录出，一并寄往绍兴，使今天诗人的感怀与宋代大诗人的衷情应和，演绎成一段新的现代诗话。

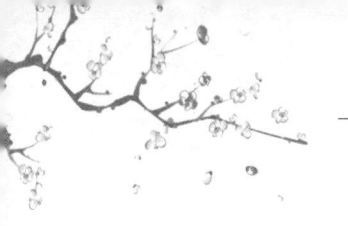

访徐渭①故居青藤书屋②

2020年8月30号

池上青藤半遮天③，
园中石榴百年盘④。
几间歪屋半片竹⑤，
自称书画数第三⑥。

【注释】

①徐渭（1521—1593），字文清，后改文长，号天池、青藤，他一生连应八次乡试，都因不拘礼法而失败，由于徐渭刚正不阿，不喜结交权贵，遭遇坎坷不平，最后贫困潦倒而死。徐渭就是徐文长，他是明朝著名的文学家、书法家、诗人和画家。

②青藤书屋是一处具有园林特色的中国传统民居建筑，位于绍兴市区前观巷大乘弄10号，属于中国明代杰出的文学家和艺术家徐渭的故居。《山

阴县新志》载:"青藤书屋,前明徐渭故宅",是全国重点文物保护单位。原名榴花书屋,占地400平方米,以三间平屋为主体建筑,书屋坐北朝南,一排花格长窗依于青石窗槛上,屋子正中高挂着徐渭的画像、《青藤书屋图》对联及陈洪绶手书"青藤书屋"匾,南窗上方悬挂着徐渭手书"一尘不倒"木匾及"未必玄关别名教,须知书户孕江山"对联,下方长桌椅列文房四宝,东西两壁分别嵌有《陈氏重修青藤书屋记》及《天池山人自提五十岁小像》,书屋之后现辟为徐渭文物陈列室;书屋之东有一小园,园内种植徐渭生前所喜芭蕉、石榴、葡萄等植物,书屋之南有一小园洞门,里面有徐渭手植青藤一棵及一方盈池(称天池),园门上刻有徐渭手书"天汉分源"四字。青藤书屋是绍兴仅有的一处具有明代文人园林特色的民居,历经四百多年历史,几经变迁,虽一度荒芜,但方池,石栏,题刻,青藤,楹联,徐渭亲笔所题"一尘不到"匾,陈洪绶书写的"青藤书屋"匾,都保存了下来。书屋三间,单披平房,阴阳台瓦,青砖铺地,虽经后人改建,部分构件还是原物,后面是内室,与书屋仅一墙之隔,实际上同——梁架。屋时为小园,古树蔽日,修竹婆娑,假山数块,卵石小径,还有桂、梅、石榴、芭蕉,虽非奇花异石,倒也清幽不俗。

③故居内一方小池两岸原植有两株古树,一株腊梅,一株青藤。据说徐渭爱青藤,故名青藤书屋。原植青藤被雷电打成了两半,一半死了一半还在,留下的一半在"文革"中连根被拔。现今看到的是后来移栽的。

④园中植有三棵百年历史的大安石榴树。

⑤故居书屋三间,为明式单披平房,院内植有清竹半片。

⑥徐渭自谓"书第一,诗二,文三,画四",但后人对他的书画评价最高。在绘画方面,他反对拟古,注意写意,大胆创新。所作泼墨花卉,淋漓潇洒,别具一格。虽自称"不求形似求生韵",但实际上达到了形神兼备的境界,成为青藤画派的始祖。

访越王台[①]

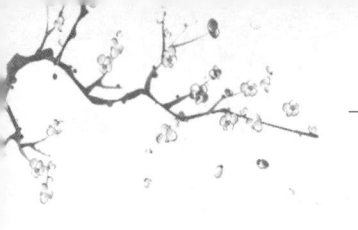

2020年8月31号

秋风不及越王台，
千年往事问苍苔。
登临城郭山海远，
万千气象濯尘埃。

【注释】

①越王台位于绍兴市区卧龙山（府山）东南麓，状如城楼，系后人为缅怀越王勾践卧薪尝胆复国雪耻而建。据记载《越绝书》："越王台规模宏大，周六百二十步，柱长三丈五尺三寸，溜高丈六尺。宫有百户，高丈二尺五寸。"后来屡建屡毁。1939年被日机炸毁，1981重修，塔基石砖为宋代遗物。另说越王台是春秋时越王勾践为招纳贤士而建。据南梁任昉《述异记》卷上："吴既灭越，栖勾践于会稽之上，地方千里。勾践得范蠡之谋，乃示民以耕桑，延四方之士，作台于外而馆贤士，今会稽山有越王台。"

访三味书屋①

2020年9月1号

经史百家犹三味②,
置身书屋雨霏霏。
可曾凭栏望台门③,
红尘堆里写狂人④。

【注释】

①三味书屋是晚清绍兴府城内著名私塾,位于都昌坊口11号。塾师寿镜吾(1849—1930),名怀鉴,字镜吾,是一个学问渊博的宿儒,坐馆教书达60年。三味书屋是三开间的小花厅,本是寿家的书房,坐东朝西,北临小河,整幢建筑与周家老台门隔河相望。寿家台门由寿镜吾的祖父峰岚公于嘉庆年间购置,总建筑面积795平方米,前临小河,架石桥以通,西有竹园,闻名中外的三味书屋就在寿家台门的东侧厢房。

②古人有两种说法:一是前人对读书感受的一种比喻,"读经味如稻粱,

读史味如肴馔，读诸子百家味如醯醢(xī hǎi)，"三种体验合称为"三味"。二是"三味"出自宋代李淑《邯郸书目》："诗书，味之太羹，史为折俎，子为醯醢，是为书三味。"这是把诗书子史等书籍比作佳肴美味，比喻为很好的精神食粮。"三味书屋"两旁屋柱上有一副抱对，上书："至乐无声唯孝悌，太羹有味是诗书"，可见"三味书屋"中的"三味"应该用的就是这个意思。"三味书屋"原题"三余书屋"，取《三国志》裴松之注，引董遇言："为学当以之余，冬者发之余，夜者日之余，阴雨者晴之余。"警示人们应把握时间，努力学习。书屋易主寿氏后，书屋主人兼塾师寿镜吾先生的祖父寿峰岚又引苏轼"此生有味在三余"的诗句，将"余"字改为"味"字。

③绍兴当地具有地域性特色的居住建筑被称为台门。"绍兴城里五万人，十庙百庵八桥亭，台门足有三千零"。台门深藏在古越水乡的小巷深处，那一座座幽静院落，白墙黑瓦，飞檐翘角，或临繁华而安朴实，或傍清河兮沐古风，叫人看一眼就心醉神迷。推门而进，天井里，飘散着远古传说，曲径上，流淌着古风遗韵，花园里，散落着遗闻轶事。台门一词源于2000多年前的《礼记·礼器》，本意是指诸侯宫门、禁城门、外城门及府第宅院之门。台有高、稳之意，就如一些高官后面要加一个台字：御史台、抚台、道台、学台等，同时台也有尊敬的意思。"台门"原意是古代对有身份的人的住宅的尊称，如《春秋公羊传》："天子诸侯台门，天子外阙两观，诸侯内阙一观。"

④鲁迅祖父周介孚因贿赂主考官，被判为斩监候，其父周伯宜被剥夺秀才名号，终身不得考科举，导致其父性情大变，患上重病，从此鲁迅家族便衰败下来。鲁迅从小过着优渥的生活，突然在青少年时遇家道中落，感到世态炎凉，因而发出家庭变故可以看清人的真面目之感慨，在他的小说《呐喊》中说道："有谁从小康人家而坠入困顿的么？我以为在这途路中，大概可以看见世人的真面目。"以及写出如《狂人日记》等对人情世态的辛辣小说。

访会稽山大禹陵[①]

2020年9月2号

五千年亘古悠悠，
四旷野大荒茫茫。
衣蔽有家忘故第，
劈山通泽九州祥。

【注释】

①大禹陵也作禹陵。在今浙江绍兴市东南八里，传是夏禹的陵墓。《史记·夏本纪》说："或言禹会诸侯江南，计功而崩，因葬焉，命曰会稽。"陵背负会稽山，面对亭山，前临禹池。池岸建青石牌坊一座，由甬道入内。旧有陵殿，已废。今有1976年重建的大禹陵碑亭一座，内立明代绍兴知州南大吉书"大禹陵"三字巨碑一块。亭左侧建有禹祠，右侧有禹庙及宋代咸若亭。

游绍兴东湖

2020年9月4号

东湖原来青石山①,
陶公又记桃花源②。
莫道湖小书半城③,
亭台楼榭可观天④。

【注释】
①绍兴东湖,原为一座青石山,自汉代起,民工相继至此凿山取石,至隋,越国公杨素为修越城,大举开山取石。经千年鬼斧神凿,搬走半座青山,形成了高达50多米的悬崖峭壁,奇潭深渊,宛如天开。因取石深入地下20多米,甚至四五十米处,形成了长过200米,宽约80米的清水塘。
②清末,绍兴著名乡贤陶浚宣(陶渊明后人),利用采石场筑起围墙,对水面稍加拓宽,遂成山水相映的东湖,经过百年的人工装扮,成为一处巧

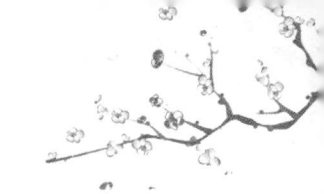

夺天工的山水桃花源。湖内有陶公祠及桃花谷。

③景区古秦桥边有"半城书屋"坐落，浏览期间小坐品茗别有风味。

④秦始皇东巡时曾在此驻驾饮马，故被称为箬簀山。东湖宛如水石盆景佳作，"勿谓湖小，天在其中"。湖中崖壁蹉跎，对峙如门，倒悬若堕，深曲如洞，水色深黛、清凉幽静。湖内有陶公洞、仙桃洞，最富情趣。小舟入洞，如坐井观天；碧潭岩影，空谷传声，景色尤称奇绝。湖畔有听湫亭、饮绿亭、香积亭、扬帆舫、稷寿楼、小稽轩、桂岭等景点，山崖湖中建有秦桥、万柳桥、霞川桥等各式古桥横跨两岸。沿石磴上山，可一览江南水乡风光。

游兰亭①

2020年9月6号

惠风和畅修禊日②,
曲水流觞咸集时③。
临池振笔兰亭序,
不易评说④王羲之。

【注释】

①兰亭位于浙江省绍兴市西南13千米的兰渚山麓,是东晋著名书法家、书圣王羲之的园林住所,是一座晋代园林。相传春秋时期越王勾践曾在此植兰,汉时设驿亭,故名兰亭。现址为明嘉靖二十七年(1548年)时任郡守沈启重建。据历史记载,东晋永和九年(353年)三月三日,时任会稽内史的王羲之邀友人谢安、孙绰等名流及亲朋共40余人在此举办修禊集会,王羲之"微醉之中,振笔直遂",写下了著名的《兰亭集序》。传说当时王羲之乘着酒兴方酣之际,用蚕茧纸、鼠须笔疾书此序,全文28行,共324

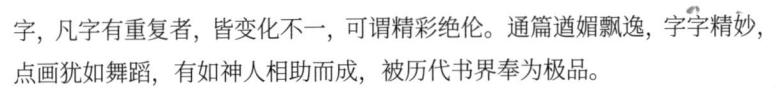

字，凡字有重复者，皆变化不一，可谓精彩绝伦。通篇遒媚飘逸，字字精妙，点画犹如舞蹈，有如神人相助而成，被历代书界奉为极品。

②农历三月初三是上巳节，俗称三月三，是中国民间的传统节日，可以追溯到春秋末期，是古代举行"祓除畔浴"活动中最重要的节日，人们结伴去水边沐浴，称为"祓禊"，此后又增加了祭祀宴饮、曲水流觞等内容。古代以"干支"纪日，三月上旬的第一个巳日，谓之"上巳"。魏晋以后，该节日改为三月初三，故又称重三或三月三。后代沿袭，遂成水边饮宴、郊外游春的节日。传统的上巳节，也是祓禊的日子，即"春浴日"，又称女儿节。宋朝以后，上巳节和花朝节一样，正逐渐被人们所淡忘。

③"惠风和畅""曲水流觞"皆为《兰亭集序》中句。

④取自乾隆游兰亭时即兴所作七律·诗《兰亭即事诗》句。景区有御碑亭，八角重檐，始建于康熙年间，亭中立清朝原碑，已有300多年历史。碑的正面是康熙皇帝1693年所临写的《兰亭集序》全文，书风秀美，雍容华贵。碑的背面是乾隆皇帝1751年游兰亭时即兴所作的一首七律·诗《兰亭即事诗》，书法飘逸，对兰亭的仰慕之情溢于言表。诗曰："向慕山阴镜里行，清游得胜惬平生。风华自昔称佳地，觞咏于今纪盛名。竹重春烟偏淡荡，花迟禊日尚敷荣。临池留得龙跳法，聚讼千秋不易评。"

访贺知章①秘监祠②

2020年9月8号

灞水二月风剪柳③,
剡川归来童问叟④。
曲江宫里清狂客⑤,
镜湖陌上更放喉⑥。

【注释】

①贺知章（约659年—约744年），字季真，晚年自号"四明狂客""秘书外监"，越州永兴人。唐代诗人、书法家。早年迁居越州山阴（今浙江绍兴）。少时即以诗文知名。唐武后证圣元年（695年）中进士、状元，是浙江历史上第一位有资料记载的状元。贺知章中状元后，初授国子四门博士，后迁太常博士。开元十年（722年），由丽正殿修书使张说推荐入该殿书院，参与撰修《六典》《文纂》等书，未成，转官太常少卿。开元十三年（725年）为礼部侍郎、集贤院学士。后调任太子右庶子、侍读、工部侍郎。开

元二十六年（738年）改官太子宾客、银青光禄大夫兼正授秘书监，因而人称"贺监"。天宝三年（744年），因病恍惚，上疏请度为道士，求还乡里，舍本乡家宅为道观，求周宫湖数顷为放生池。皇帝诏令准许，赐鉴湖一曲。唐玄宗以御制诗赠之，皇太子率百官饯行。回山阴五云门外"道士庄"，住"千秋观"，建"一曲亭"自娱，繁纸不过数十字。其间，写下《回乡偶书二首》，为人传诵而脍炙人口，未几病逝，年八十六。乾元元年（758年）唐肃宗以侍读之归，追赠礼部尚书。

②贺知章秘监祠（贺秘监祠），俗称湖亭庙。宋绍兴十四年（1144年），郡守莫将在贺知章读书的故地建"逸老堂"，以祀贺知章和李白。乾道五年（1169年），太守张津重修。宝庆三年（1227年），太守胡矩重新。现存建筑为清同治四年（1865年）重修的，坐北朝南。该建筑共有三进，均为五开间。正殿门额题有"唐秘书监贺公祠"，祠内原有北宋熙宁元年（1068年）的《众乐亭诗刻》，其中有王安石、司马光等十五人诗二十首；南宋开庆元年（1259年）《重建逸老堂记》，吴潜撰文，张即之书，元至正二十年（1360年）《贺秘监祠堂记》刘仁本撰文，史铨书，周伯琦篆，徐仲裕刻；明嘉靖二十二年（1543年）《叙唐秘监贺公知章碑》，沈恺撰文方仕集唐李邕书等碑刻。

③《咏柳》诗：碧玉妆成一树高，万条垂下绿丝绦。不知细叶谁裁出，二月春风似剪刀。灞水，即霸河，黄河支流渭河的支流，古名滋水，全长109千米，流域面积2581平方千米，发源于秦岭北坡蓝田县灞源镇麻家坡以北。流经灞桥区、未央区，在西安市未央、灞桥区之间汇入渭河，春秋时秦穆公不断向外扩张，称霸西戎后改名霸水。后来在"霸"字旁加上三点水，称为灞水。

④《回乡偶书二首》诗：少小离家老大回，乡音无改鬓毛衰。儿童相见不相识，笑问客从何处来。离别家乡岁月多，近来人事半消磨。唯有门前镜湖水，春风不改旧时波。剡川（shàn chuān），水名，位于浙江省宁波市奉化区西北的剡溪（流经溪口镇），东北向，入海。剡川，又指绍兴奉化一带。

⑤曲江，长安地名，位于西安城区东南部，为唐代著名的曲江皇家园林所在地，境内有曲江池、大雁塔及大唐芙蓉园等风景名胜古迹。贺知章为

人旷达不羁,有"清谈风流"之誉,晚年尤纵,自号"四明狂客""秘书外监"。李白有诗曰:四明有狂客,风流贺季真。长安一相见,呼我谪仙人。

◎贺知章晚年还归乡里,玄宗赐鉴湖一曲。他常骑牛于茂林修竹、潺潺剡溪边饮酒放歌,享受着怡然自得的田园生活。

鹧鸪天·庚子秋霜降[①]

2020年10月23号

万木何曾怨降霜，
且看香山叶浅黄。
层林点红秋犹暖，
初心如初梦未凉。

天玄黄，地洪荒，
却有诗情绕高杨。
一壶浊酒送征雁，
青山几重续文章。

【注释】

①在中国地球物理学会2020年工作会议上作《强化科技创新保障国家能源安全》学习"不忘初心牢记使命"主题教育活动学习体会报告，时笔者被聘任为中国石油化工集团公司油气勘探领域首席专家。

临江仙·京城遇1966年以来最冷寒冬[①]

2021年01月09号

彻骨寒风天青苍,
残垣玉砌旧影。
阖家六口[②]波浪冰[③]。
幼子站未稳,
踌躇又冰封。

大雪不见轩辕台[④],
岭若卧蚕连横。
烽火台[⑤]寒凝烟生。
放眼北京湾[⑥],
栖霞山外行。

【注释】

① 2021年1月7日6时,北京气温降至-19.5℃,迎来1966年以来最冷清晨,是21世纪以来最寒冷的一天。由于受到2020年末寒潮影响,北

京整体气温 5～6 日连续三天处于偏低水平。此次寒潮来袭的同时伴随大风天气，人们感受到比实际气温更加"彻骨"的寒冷。

②在最冷的一天，有网友发布圆明园黑天鹅一家子在冰面上行走视频。由于冰面温度太低，小天鹅的脚竟然被冻在冰面上，难以脱身，有的更是躺在冰面上挣扎。有游人帮忙捡起小天鹅，大天鹅还担心伤害自己的孩子，不断向路人发起威吓。视频的最后，天鹅一家终于进入圆明园为保护天鹅而开凿的冰面水域中，度过了短暂的危机。据报道，2008 年 2 月 23 日，圆明园的湖上飞来了一对黑天鹅，从此它们就在圆明园内安了家，生儿育女，人们亲切地称为大黑和黑妞。黑天鹅原产于澳大利亚，在我国属国家二级保护动物，是迁徙的候鸟，冬季要飞走，奇怪的是，这两只黑天鹅竟在圆明园定居，成为圆明园一道独特的风景。

③由于天气严寒，寒风吹拂湖水过程中逐渐结冰呈波浪状。冰面颜色深浅不一，高低自然起伏，好像是荡漾的水波被低温使了魔法，瞬间凝固了一样。冬日的斜阳打在这些起起伏伏的冰面上，折射出如梦如幻的光影。

④唐代诗人李白《北风行》诗中有"燕山雪花大如席，片片吹落轩辕台"句。

⑤燕山山势险峻，没有筑墙处利用山险做天然屏障，并在其上筑烽火台，远望巍然屹立。

⑥北京居华北平原北端，太行山与燕山在此交会，横亘西东，环抱京城。两山围合出西、北环山，东、南向海的半封闭地形，形如海湾。20 世纪初，美国地质学家贝利·维利斯为这方土地取了颇有诗意的名字：北京湾。"湾"一方面是形容平原的边缘轮廓，周边包围的山体，在大地上描绘了一条半封闭的曲线——山体与平原的格局，好似海岸上的海湾。若将时光回溯到北京地区史前时期，这片平原也的确曾被海水覆盖，时光流逝，沧海变桑田。燕山犹如屏风，阻挡着北方的寒风，也阻挡着入侵者的进入，是安全的保障；山也是河流之源，从太行山深处蜿蜒而来的永定河及燕山深处从北向南流的潮白河，从西北流向东南，在山前冲积了肥沃的土地，是中华先祖定居时追求的理想宜居之地。北京大学教授、著名历史地理学家侯仁之先生说"突然看见西北一带平地崛起一列

高山，好似向列车行进的方向环抱而来"，说的正是"北京湾"的地形。2021年新年伊始，石油勘探开发研究院由海淀区学院路31号搬迁至昌平区百沙路1979院中国石化科学技术研究中心，向北望去可见燕山巍峨，北京湾尽收眼底。

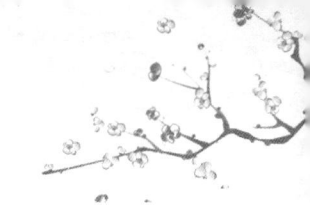

卜算子·辛丑年春节咏梅

2021年02月12号

常恋冰雪情,
别致清幽样。
冰肌玉骨天然妆,
疏影横斜窗。

未著尘和土,
暗香起东墙。
吹彻枝头寂冷月,
孤芳不自赏。

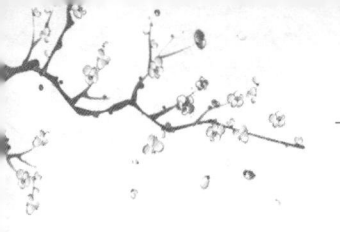

又见敦煌[①]

2020年10月29号

　　从 20 世纪 90 年代初至今,因工作的缘故,我多次去过敦煌。每当踏上这无垠的戈壁、茫茫大漠、片片绿洲,领略那纯净的一片星空,寻觅久远的烽燧、壮阔的丝绸故道和神秘的佛窟宝藏,都会产生无限感慨。写在 2020 年感动中国十大人物樊锦诗荣获国家勋章事迹观后。

　　　　故事的主人
　　　　是一位瘦弱的上海姑娘
　　　　从未名湖到莫高窟[②]
　　　　从青春少女到白发苍苍
　　　　半个世纪里
　　　　大漠茫茫
　　　　热血一腔
　　　　一场卓绝的文化苦旅
　　　　守得住初心
　　　　耐得住寂寥
　　　　经得住苦雨风霜

　　　　因为你的降临

如园梅语

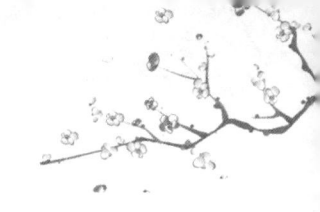

天与地在某处连接
有了神秘的交往
无须什么翅膀
凭那无形的力量
在历史的天空翱翔

见多了老去的日子
祁连山纷纷飞雪
五千年烈烈风霜
炎黄高阙
蒹葭苍苍
卫鞅西去赴秦
光狼城下渡板霜
谪仙的静夜思
壮士效命的疆场
还有
霍去病卫青李广
大漠长风未央
张骞通西域
万里驼队徜徉
苏武牧羊
寸心甘苦寸衷肠

秦月汉关
雄性隋唐
李白的长安

如园梅语

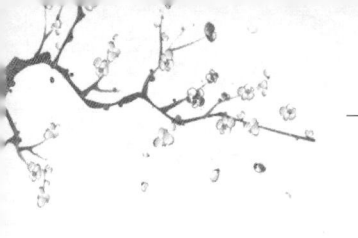

嬴政的咸阳
杳无踪影的阿房
还有鸣沙山
那弯永不言弃的半个月亮

向谁问
我远逝的先民
用一椽怎样的笔
写遍
万年的期盼
无尽的悲伤
将一捃大地的祝愿
布满人间天堂

河西走廊上的
敦煌
是岁月不老的沧桑
极目相接之处
风会引你远行
或有一段歌声如约而至
若飘浮于头顶的祥云
停留在跳动的心脏

灿烂的阳光
照耀在绚丽的壁画和
彩绘上
闪烁夺目

如园梅语

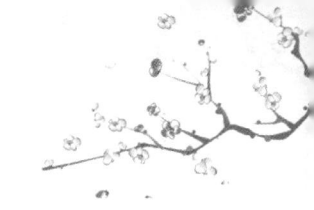

金碧辉煌

她说过
如果再让我选择
我还会选择坚守敦煌
多么的豪情铿锵
这是心的向往
这是北大人的坚强
更是文化的力量
吾心归处
是敦煌

2021 年 4 月 9 日修改于北京青藤书院

【注释】

① 2020 年感动中国十大人物樊锦诗荣获国家勋章，颁奖词曰："舍半生，给茫茫大漠。从未名湖到莫高窟，守住前辈的火，开辟明天的路。半个世纪的风沙，不是谁都经得起吹打。一腔爱，一洞画，一场文化苦旅，从青春到白发。心归处，是敦煌。"樊锦诗，女，汉族，中共党员，浙江杭州人，1938 年 7 月出生于北平。曾任敦煌研究院院长，现任敦煌研究院名誉院长、

研究馆员，兰州大学兼职教授、敦煌学专业博士生导师。1963年自北京大学毕业后已在敦煌研究所坚持工作40余年，被誉为"敦煌女儿"。主要致力石窟考古、石窟科学保护和管理。第八至十二届全国政协委员。2007年11月被聘任为中央文史研究馆馆员。2018年12月18日，党中央、国务院授予樊锦诗同志改革先锋称号，颁授改革先锋奖章，并获评文物有效保护的探索者；2019年9月17日，国家主席习近平签署主席令，授予樊锦诗"文物保护杰出贡献者"国家荣誉称号；9月25日，获"最美奋斗者"称号；12月6日，获2019第七届"中华之光——传播中华文化年度人物"奖；2020年5月17日，被评为"感动中国2019年度人物"。

②莫高窟，亦称千佛洞，位于敦煌城东南25千米处三危山与鸣沙山之间的断崖之上，创建于前秦建元二年（366年）。今保留各代石窟492个，藏壁画4.5万平方米，彩塑2400余尊，唐宋木结构建筑5座，是世界最大的美术史画廊之一。

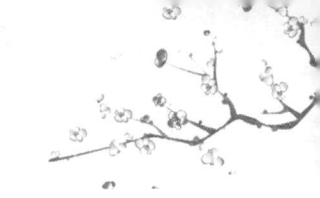

后记

　　余少时，未习音韵，不谙格律。就读初中时值开门办学时期，劳动为主，上课时断时续，不得要领，有时也有作文作业，也是些顺口溜样的文字。及至中学进习功课，则无暇顾及。值大学间，于一书屋，购得人民文学出版社1982年出版的《唐宋诗词鉴赏集》，始有些触及。及至大学毕业，工作性质之故，浪迹天涯，居无定所，虽常携之，然野外工作艰苦至极，且无规律，加之自身又乏恒力，故一直未能尽览。2001年年末，赴中国西部从事油气勘探工作，常驻乌鲁木齐，时间始相对稳定些。周边地学界喜诗爱词人士众多，受之感染，乃又稍涉诗书及史籍，猎及史籍。不料来年父母先后谢世，好长时间为自己不能多陪父母而痛悔不已。时有四十，进不惑之年，对尘世之感悟陡然有变。时光飞逝，恍惚间五十载已过。居京后，生活渐有安顿，闲翻昨日之日记，阅潦草之章句，略加整理，忽有编而辑之，备以付梓之念。也或许可作为自己生命中的涟漪，工作中的足迹，也或许弥补理科生之人文情怀。草草这些，是在某个时间、某个地方为一个场景、一段经历、一个人、一件事的感怀与释然，应该是情感和心绪的自然流露。也许是某一现象的感动所激发的灵感而捕捉到的这一瞬间的感触以传递一种非此而无法传递的感慨。周作人就曾经说过，如果我们怀着爱惜，这在忙碌的生活之中，浮到心头又复随即消失的那些刹那的感觉之心，想将它表现出来，那么数行小诗，便是最好的工具了。有人说诗乃情感之流露，是人的精神家园，是灵魂的栖息和寄托。吾喜文有憾，何来弥补，自始偶尔试写几句，自娱而已，想来就是把身边的时光流逝以及感悟时光的珍贵时，自然而然地意识到在品尝时光的美好过程中所触发的只言片语留下来。这些只言片语、随感随想又附庸风雅地改作所谓的"诗"与"词"，其实所涂鸦之作，实不敢以诗词之说，姑且当作赏景观物、思亲念旧、春华秋实之心语罢了。然声调韵律不及，平仄不顾，押韵而已，无门无派，以手写心，不拘成法，谈不上诗词，谨表内心深处之感受矣。皆因对诗词曲的起源、声韵、格律、字句排偶、词谱词牌等概属门外汉耳。然又顾忌诗词有韵律之规，违之且乏推敲，恐及方家贻笑大方耳！所谓以原有未雕琢之语留存之，也不乏今日之朴素也，是为后记。

赵殿栋
2020 年 12 月 26 日

【如园梅语简介】

尽管是诗的形式,词的韵致,但不敢称其为诗词,而以心语名之。是作者生活的涟漪,工作的足迹,心路的历程;是长期在野外及艰苦环境工作之余对精神生活的充填。主题和素材、内容和形式不拘一格,有触景生情,有感物言志,也有沉思遐想,怀念故土,抒写离愁。是一位理科生对中国古典诗词这一传统文化的理解与尊崇从心底里流淌出来的表象体现。